Mein Lieblingswerk im Kunstmuseum Basel

Mein Lieblingswerk im Kunstmuseum Basel

Christian Fluri
Simon Baur (Hg.)

Christoph Merian Verlag

Für Matthias Zehnder

Persönliche Blicke auf die reiche Basler Sammlung

Das Kunstmuseum Basel blieb ab Februar 2015 geschlossen, der Hauptbau wurde umfassend renoviert und wird nun gleichzeitig mit dem Neubau eröffnet. Was tun wir als Zeitung, die den Menschen die Künste und deren Bedeutung näherbringen will, um den Menschen hier die Schätze, die Basel in einem der weltbedeutenden Kunstmuseen beherbergt, nicht nur präsent zu halten, sondern sie gar wieder neu in Erinnerung zu rufen – dies in der Zeit, in der die meisten nicht an ihrem angestammten Ort besucht werden können? Das fragten wir uns in der Kulturredaktion der ‹bz Basel/Basellandschaftlichen Zeitung› vor der Schliessung. Matthias Zehnder, der als Chefredaktor vom November 2013 bis Ende 2015 die ‹bz› als Zeitung für die Region Basel politisch und auch kulturell neu positioniert hat, entwarf die Idee einer Serie: Basler Persönlichkeiten aus Kultur, Wirtschaft, Politik und Sport stellen ihr Lieblingswerk aus dem Kunstmuseum in einem kleinen Text vor und vermitteln den Lesern so, welche enormen Schätze an alter und neuer Kunst Basel beherbergt. Um diese zu betrachten, kommen Kunstinteressierte aus der ganzen Welt nach Basel. Und die Kunstschätze der weltweit ältesten öffentlichen Kunstsammlung ihrerseits tragen den Namen Basel in die ganze Welt hinaus. Die Palette reicht vom 1661 von der Stadt Basel erworbenen Grundstock der Sammlung, dem Amerbach-Kabinett mit Werken des Spätmittelalters und der Renaissance, bis in unsere Zeit heute.

Jede und jeder der von uns eingeladenen Autoren stand vor einem Dilemma: Sie mussten sich für ein Lieblingswerk im Kunstmuseum entscheiden. Das Haus am St. Alban-Graben, das mit seinen Kunstwerken immer wieder zum Besuch verführt, beherbergt wohl für jede und jeden mehrere Lieblingswerke, die man sich immer wieder gerne anschaut, die einen beschäftigen, berühren und auch aufwühlen, wenn man vor dem Original steht. Manche Autorinnen und Autoren mussten sich den Entscheid für ein Werk, das in der eigenen Biografie einen prägenden Wert hat, geradezu abringen. Sie mussten Werke weglassen, die ihnen auch ans Herz gewachsen sind. Erlebnisse, die sich in die eigene Erinnerung einbrannten, bestimmten letztlich die Wahl.

Herausgekommen ist eine spannende, immer wieder überraschende Zusammenstellung aus der reichen Basler Kunstsammlung – ein Überblick, der vom je eigenen Blick jeder Autorin, jedes Autors bestimmt ist. Ebenso erzählt jeder Text eine mit der eigenen Biografie verknüpfte Geschichte über das jeweilige Werk. Die Serie deckt mehr als ein halbes Jahrtausend Kunst ab, von der aquarellierten Federzeichnung eines anonymen Meisters, dem ‹Deckelpokal mit Granatapfelmuster› von 1510/20, bis zu Douglas Gordons ‹24 Hour Psycho Back and Forth and To and Fro› aus dem Jahr 2008.

Weil wir wissen, dass auch nach der Eröffnung von Haupt- und Neubau des Kunstmuseums Basel diese spezielle, subjektive Kunstsammlung im Kleinen von Interesse ist, veröffentlichen wir diese Texte und Bilder vereint in einem Buch. Mit wenigen Ausnahmen sind sie in der Serie der ‹bz Basel› erschienen und die Abbildungen der Kunstwerke wurden vom Museumsfotografen Martin P. Bühler aufgenommen. Ihm sprechen wir an dieser Stelle einen besonderen Dank aus. Wie vor drei Jahren, als wir die in der ‹bz› erschienenen zwölf Texte zum 100. Geburtstag von Meret Oppenheim in einem Buch versammelten, konnten wir uns auch diesmal auf die erprobte Zusammenarbeit mit dem Team des Christoph Merian Verlags verlassen. Die Buchgestaltung übernahm auch diesmal wiederum Jiri Oplatek von Claudiabasel, der ein überzeugendes und freches Konzept für den Umschlag und den Inhalt entwickelte. Anna Sophia Herfert, Frankfurt, sorgte für ein umsichtiges Lektorat und Katharina Rosenstingl, Wien, hat uns bei administrativen Aspekten und mit ihrem grossen Wissen unterstützt.
Wir danken allen Autorinnen und Autoren für ihre wunderbaren Textbeiträge und die Bereitschaft, sie teilweise zu überarbeiten, und den im Impressum aufgeführten Fotografen und Fotografinnen, dass wir ihre Fotoporträts der Autorinnen und Autoren abdrucken durften. Weitere wichtige Unterstützung haben wir von nachfolgenden Personen und Institutionen erhalten: Sprüth Magers, Galerie Esther Schipper, Berlin, Galerie Nagel Draxler, Berlin, Konrad Fischer Galerie, Düsseldorf, Galerie Mai36, Zürich, John Baldessari Studio, Venice, Bill Viola Studio, Long Beach, Markus Altwegg, Annika Baer, John Baldessari, Silvia Baumann Bernaud, Michael Bellgardt, Tom Bisig, Myriam Born, Sonja Bruder, Walter Brunner, Bernhard Mendes Bürgi, Anna Caruso, Stefan Charles, Céline Feller, Bettina Fischer, Rashel George, Evelyn Haack, Anita Haldemann, Bernadette

Hauert, Corinna Hirrle, Samanta Jenni, Juri Junkov, Louise Lawler, Elena Manuel, Michael Mathis, Anna Mándoki, Denise Moser, Peter Mosimann, May Naka, Kenneth Nars, Nicole Nars-Zimmer, Claudia Pasko, Angela Reinhard, Gerhard Richter, Martha Rosler, Peter Schnetz, Stefan Schuppli, Manuela Seiler, Christian Selz, Nicole Shibata, Daniel Spehr, Anselm Stalder, Emilie Thalmann, Martin Töngi, Bill Viola, Claudio Vogt, Verena Wegener, Gene Zazzaro, Natalie Zeitz, die nomadisierenden veranstalter.

In unseren Dank schliessen wir alle jene ein, die nach der Manuskriptabgabe und dem Druckbeginn in irgendeiner Art und Weise zum Gelingen dieses Buches beigetragen haben.

Besonderen Dank sprechen wir der Berta Hess-Cohn Stiftung, Basel, aus, die in generöser Weise die Druckkosten übernommen hat. Zudem danken wir der Stiftung des Kunstmuseums Basel, Helvetia Versicherungen, Swisslos Basel-Stadt, Swisslos Basel-Land, der Hans und Renée Müller-Meylan Stiftung sowie der Jubiläumsstiftung der Basellandschaftlichen Kantonalbank für ihre grosszügige finanzielle Unterstützung, die zum Gelingen dieses Buches wesentlich beigetragen hat.

Christian Fluri und Simon Baur

Georges Delnon

«Ich liebe Mondrian, weil er für mich eine Offenbarung war. Er hat mich an die abstrakte Malerei herangeführt. Ich liebe an diesem Bild die unglaubliche Balance – geometrisch, räumlich, farblich! Es ist wie der Anfang und das Ende, das Alpha und das Omega.»

Georges Delnon war von 2006 bis 2015 Direktor des Theater Basel und ist heute Intendant der Staatsoper Hamburg.

Piet Mondrian (1872–1944)
Composition no. I,
avec rouge et noir, 1929
Öl auf Leinwand, 52.3 × 52.2 cm
Kunstmuseum Basel,
Schenkung Marguerite
Arp-Hagenbach 1968

P M

Stephan Schmidt

«Der vierteilige Zyklus ‹Verkündigung nach Tizian› ist ein bedeutender Gewinn fürs Kunstmuseum Basel, weil es ergreifende, ja atemberaubende Bilder sind. Gerhard Richter gehört für mich seit Jahren zu den interessantesten und wichtigsten Künstlern unserer Zeit. Er lebt uns vor, was viele vergeblich versuchen: in seinem Nachdenken und in seinem künstlerischen Schaffen stets gleichermassen glaubwürdig und überzeugend zu sein und mich gleichzeitig emotional direkt und tief berühren zu können. Vor seinen Bildern stehen zu dürfen ist immer wieder ein persönliches Erlebnis! Seine Texte und Interviews zu lesen hat mich generell inspiriert, aber auch speziell als Musiker sehr bereichert.
Für seine Bilder gilt – wie für alle Kunstwerke, die einem persönlich wichtig sind –, dass es immer aufs Neue aufregend ist, vor den Originalen zu stehen und diese auf sich wirken zu lassen. Keine noch so gute Abbildung schafft es, den Zauber und die Kraft dieser Bilder zu vermitteln. Das ist das Wunderbare an dieser grossartigen Kunst, sie offenbart letztlich nur in der direkten Begegnung ihre ganze Bedeutung und Kraft.»

Stephan Schmidt ist Direktor der Musik-Akademie Basel / Musikhochschulen FHNW.

Gerhard Richter (*1932)
Verkündigung nach Tizian, 1973
Öl auf Leinwand, 150 × 250 cm
Kunstmuseum Basel, erworben mit einer Schenkung einer von Basler Persönlichkeiten gegründeten Gesellschaft an die Öffentliche Kunstsammlung Basel 2014

Claude Janiak

«Ende der 60er-Jahre des letzten Jahrhunderts erwarb das Kunstmuseum verschiedene Werke von Vertretern der jüngeren Künstlergeneration der amerikanischen Malerei, auch Abstrakter Expressionismus bezeichnet. Unter anderen gehörte Jasper Johns zu ihnen. Seine Werke stiessen bei mir sofort auf grosses Interesse. Der spätere Direktor des Kunstmuseums, Christian Geelhaar, war mit Johns befreundet. Über Christian Geelhaar*, dem ich meinerseits freundschaftlich verbunden war, lernte ich den Künstler persönlich kennen. Nach Geelhaars frühem Tod schenkte Jasper Johns dem Museum in memoriam Christian Geelhaar zwei Werke, darunter ‹Flag above White with Collage›. Die Flags von Jasper Johns gehören zu seinen frühsten und bekanntesten Werken. Man weiss zunächst nicht, ob das eine Flagge oder ein Bild ist. Mir gefällt diese Ambivalenz. Und eigentlich auch die Provokation, die sich dahinter verbirgt. Das Geschenk Jasper Johns' gehört deshalb für mich zugleich zu den Lieblingsbildern und ist eine Erinnerung an einen Freund.»

Claude Janiak, Dr. jur., ist Ständerat des Kantons Basel-Landschaft.

Jasper Johns (*1930)
Flag above White with Collage, 1955
Enkaustik und Collage (Zeitungspapier, Passbilder) auf Leinwand, 56.2 × 48.6 cm
Kunstmuseum Basel, Geschenk des Künstlers in memoriam Christian Geelhaar 1994

*Christian Geelhaar war ab 1981 Direktor des Kunstmuseums Basel. Der Kunsthistoriker, der aus gesundheitlichen Gründen 1991 zurücktrat, starb 1993 an Aids.

Hubertus Adam

«Üppige mediterrane Vegetation vor der Kulisse von Frankfurt am Main: Die ‹Nizza› genannte Parkanlage liegt direkt am nördlichen Mainufer. Max Beckmann, der sich nach den traumatischen Kriegserfahrungen im Ersten Weltkrieg in Frankfurt niedergelassen und 1920 Sachlichkeit als Prinzip gefordert hatte, schildert die Szenerie detailreich: die Kaimauer aus dem typischen rötlichen Sandstein, das Frühbeet der Gärtner, das Gleis der Hafenbahn, die gründerzeitlichen Häuser. Die leicht taumelnden Häuser lassen einen expressionistischen Gestus anklingen. Faszinierend für mich ist aber vor allem die fast magisch-traumhafte Darstellung der Stadtlandschaft mit ihren verfremdeten Farbtönen, dem fast surrealen Gegenüber von mediterranen Pflanzen und mitteleuropäischer Architektur und dem rätselhaften Fluggerät am Himmel. Ganz sonderbar mutet auch die in den Himmel verrutschte Signatur des Künstlers an. Ein Gemälde, das zwischen Realismus, Expressionismus und Surrealismus irrlichtert – und die Schönheit der Stadt feiert.»

Hubertus Adam ist Architekturhistoriker, Kurator und Kritiker, von 2010 bis 2015 war er Direktor des S AM Schweizerisches Architekturmuseum.

Max Beckmann (1884–1950)
Das Nizza in Frankfurt am Main, 1921
Öl auf Leinwand, 100.1 × 65.3 cm
Kunstmuseum Basel, mit einem Sonderkredit der Basler Regierung erworben 1939

Martin R. Dean

«Von Anselm Stalder, einem Basler Zeitgenossen, dessen Werk ich seit seinen Anfängen verfolge, besitzt das Kunstmuseum Basel eine besonders glückliche Reihe von frühen Werken. Sie zeigen Stalders Eigenart, Sinnlichkeit, also Farb- und Formgespür, mit einem messerscharfen, auch konzeptuell geschärften Verstand zu verbinden. Neben seinen wunderbar rätselhaften Tusch- und Aquarellzeichnungen gehören frühe Bilder wie ‹Das grosse Bergbaubild› oder die Hinterglasmalerei ‹Zwei Köpfe› zum Bleibenden, das die junge Basler Malerei der 80er-Jahre anzubieten hat. Dankbar bin ich, im Kunstmuseum Basel auch den Werken von Miriam Cahn, Silvia Bächli und Alex Silber wieder begegnen zu können; vor Anselm Stalders ‹Das grosse Bergbaubild› habe ich das Sehen, auch in der Dunkelheit, gelernt.»

Martin R. Dean ist Schriftsteller und Essayist in Basel.

Anselm Stalder (*1956)
Das grosse Bergbaubild, 1982
Acryl auf Baumwolle,
268.5 × 340.5 cm
Kunstmuseum Basel,
Ankauf mit Mitteln aus dem Birmann-Fonds und Schiess-Fonds 1982

Franz A. Saladin

«Pablo Picassos sitzender Harlekin aus dem Jahr 1923 erinnert mich bei jedem Besuch im Kunstmuseum daran, welche Kräfte das Bild 44 Jahre nach seinem Entstehen bei den Basler Bürgerinnen und Bürgern zu mobilisieren vermochte. Picassos Werk und der dazugehörige Vermerk ‹Depositum der Einwohnergemeinde der Stadt Basel› erzählen von der einmaligen Volksabstimmung 1967. In deren Rahmen befürwortete die Basler Bevölkerung sechs Millionen Franken für den Ankauf zweier Picasso-Werke, die sonst aufgrund einer finanziellen Notlage der privaten Eigentümer hätten verkauft und aus dem Kunstmuseum entfernt werden sollen.* Die Leidenschaft und der Mut, mit welchem sich die Einwohner Basels für den kostspieligen Kauf der Picasso-Werke einsetzten, symbolisieren für mich den offenen Geist der Stadt und der ganzen Region. Seien es die Life Sciences, die Kreativwirtschaft oder die Logistikbranche, die Basel über Strasse, Wasser und Luft mit der ganzen Welt verbinden – diese Weltoffenheit ist stets der gemeinsame Nenner, der unsere Region so innovativ macht, wie sie auch heute ist.»

Franz A. Saladin, Dr. chem., ist Direktor der Handelskammer beider Basel.

Pablo Picasso (1881–1973)
Arlequin assis, 1923
Öl auf Leinwand, 130.2 × 97.1 cm
Kunstmuseum Basel,
Depositum der Einwohnergemeinde der Stadt Basel 1967

*Sechs Millionen Franken der geforderten 8.4 Millionen Franken zahlte die Basler Regierung aus der Staatskasse, 2.4 Millionen Franken sollten Private aufbringen.

Andrea Marcon

«Als ich vor 32 Jahren nach Basel kam und an der Schola Cantorum Basiliensis mein Studium begann, war das Kunstmuseum ein Ort, den ich vier Jahre lang immer wieder besuchte. Sonntags war der Eintritt frei, ein Geschenk für mich armen Studenten. Malerei und alte Meister waren und sind bis heute meine grosse Leidenschaft neben der Musik. Ich konnte damals regelmässig meine Augen mit der wunderbaren Sammlung des Kunstmuseums füttern. Schon bei meinem ersten Besuch haben mich viele der Bilder bewegt. Aber insbesondere eines der Gemälde machte mich damals wirklich sprachlos und hat mich buchstäblich innerlich strapaziert: ‹Der tote Christus im Grab› (1521–1522) von Hans Holbein dem Jüngeren. Ich kannte es vorher nicht, und ich hatte den Eindruck, tatsächlich vor einem Grab mit einer Leiche zu stehen. Dieses Gemälde ist einfach schrecklich, macht Angst und verschlägt einem den Atem. Später entdeckte ich dann, dass Dostojewski, als er 1867 in Basel war, so sehr darüber erschrak, dass er in seinem Roman ‹Der Idiot› darüber schrieb, wie ein solches Bild einem den Glauben rauben kann. De facto beeindruckt diese Darstellung, weil sie keinen Gott zeigt, sondern einen toten Menschen, der schon mindestens drei Tage lang in einem Grab liegt: Gesicht, Hände und Füsse sind schon der Fäulnis ausgesetzt. Es stinkt alles schrecklich, und man bekommt keinen Hinweis auf eine Auferstehung. Jesus, ganz als Mensch, bis zur letzten Sekunde vor dem Licht.»

Andrea Marcon ist Professor an der Schola Cantorum Basiliensis und künstlerischer Leiter von La Cetra Barockorchester und Vokalensemble Basel.

Hans Holbein d. J. (um 1497/1498–1543)
Der tote Christus im Grab, 1521–1522
Öl auf Lindenholz, 32.4×202.1 cm
Kunstmuseum Basel, Amerbach-Kabinett 1662

Ines Goldbach

«Man sieht die hell leuchtende Neonspirale und die darin verlaufenden Lettern schon von Weitem: Bruce Nauman hatte sie selbst in seinem Atelier in den 1960er-Jahren – einem ehemaligen Ladenlokal in San Francisco – ins Schaufenster montiert und liess sie in den Aussenraum strahlen: ‹The True Artist Helps the World by Revealing Mystic Truths›. Der wahre Künstler hilft der Welt durch die Enthüllung mystischer Wahrheiten. Mich fasziniert dieses Werk seit je. Schon seit Studienzeiten. Denn während man sich noch leicht den Kopf verrenkt, um den Satz vollkommen lesen zu können, und dem Surren der heute schon in die Tage gekommenen Technik der Leuchtröhrenschnecke lauscht, darf man sich fragen, ob der Künstler dies als ironische oder ernst gemeinte Frage formuliert hat; ob er sie an uns richtet oder sich selbst diesen Anspruch permanent vor Augen halten wollte, um zu wissen, was tagtäglich zu tun ist. Oder sind es wir, die wir eben das von den Künstlerinnen und Künstlern erwarten, dass sie uns verborgene Wahrheiten vor Augen führen?
Dieses Werk ist für mich hintersinnig, ernsthaft und humorvoll zugleich: Es spielt mit Erwartungen, stellt Fragen, anstatt sie zu beantworten und zeigt uns vor allem, dass Kunst nicht eindeutig, sondern vielschichtig ist, dass sie meist irritiert, statt zu beruhigen, oft Dialog schafft, statt zu monologisieren. Und: dass Kunst uns Neues eröffnen kann und wir Bekanntes neu sehen lernen. Was könnten Künstlerinnen und Künstler Besseres für uns bereithalten?»

Ines Goldbach ist promovierte Kunsthistorikerin und leitet das Kunsthaus Baselland. Zuvor war sie Kuratorin an den Hallen für Neue Kunst Schaffhausen.

Bruce Nauman (*1941)
The True Artist Helps the World by Revealing Mystic Truths (Window or Wall Sign), 1967
Glas- und Neonröhren Ed. 3/3 + 1 AP, 150 × 140 × 5 cm
Kunstmuseum Basel, Ankauf 1978

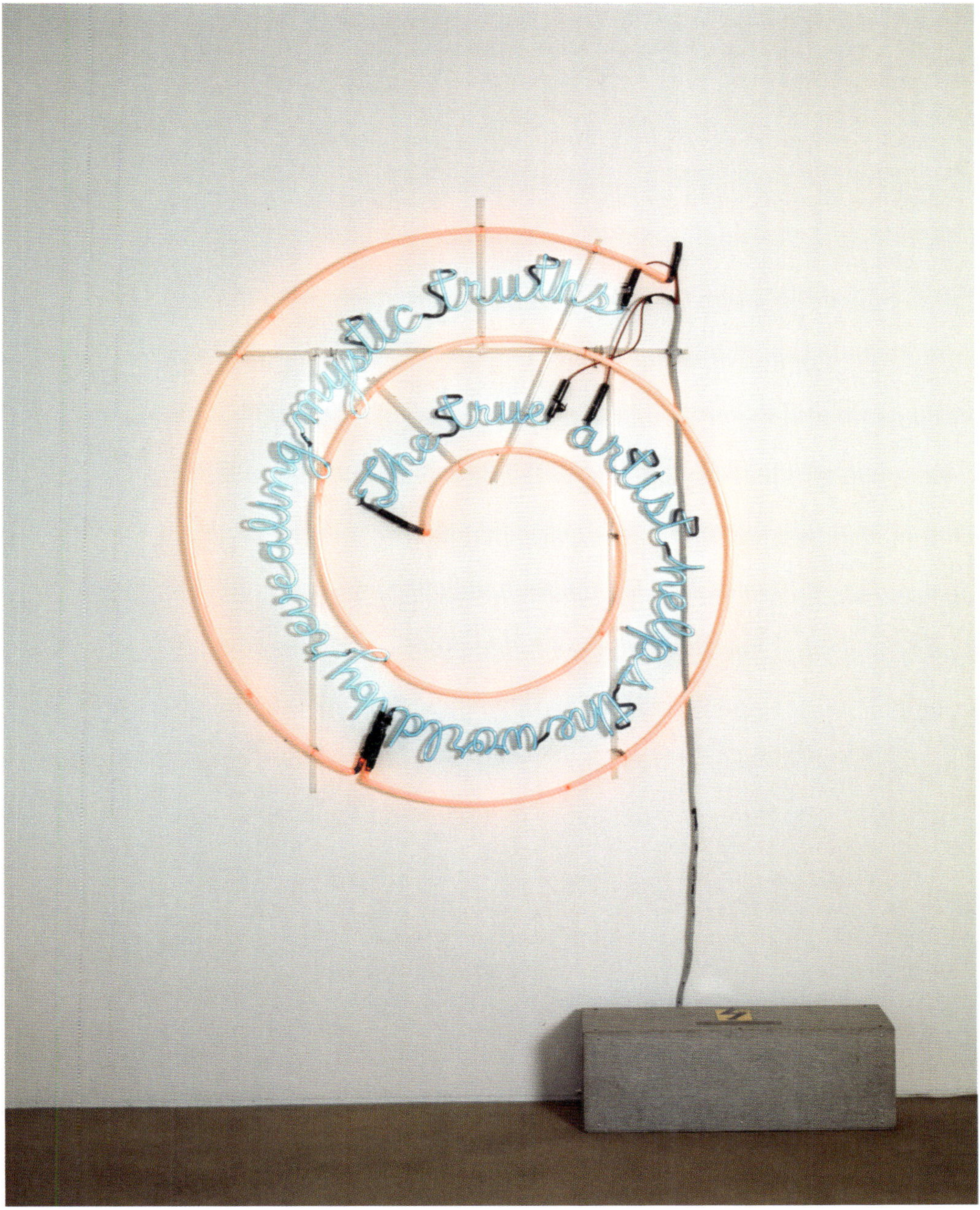
The true artist helps the world by revealing mystic truths

Philippe Bischof

«Es gibt kein Lieblingsbild, aber jenes viel bewunderte Gemälde, mit dem sich in der Erinnerung meine Beziehung zum Kunstmuseum Basel begründen lässt: ‹Die Toteninsel› (Erste Fassung) von Arnold Böcklin aus dem Jahr 1880. Die seit Kindesalter regelmässigen und derweil unfreiwilligen Besuche mit meinen Eltern im Museum führten mich fast immer fasziniert zur ‹Toteninsel›, diesem magischen Lichtspiel von der Überfahrt zwischen Hier und Dort, das für mich von unerklärlicher künstlerischer Kraft zeugt und von atemberaubender Schönheit ist. Ein radikal persönliches Werk, fast schon ausserhalb der Zeit, dessen besondere Bedeutung sich mir mehrmals neu erschlossen hat – mindestens aber zweimal auf bewegende Weise: Als ich 1995 ‹Dead Man› von Jim Jarmusch zum ersten Mal und danach gleich mehrere Male hintereinander sah, diesen wundervollen Film über die menschliche Vergänglichkeit und den Glauben an die Poesie, dieses zarte Gewebe in zauberhaft langsamen Schwarz-Weiss-Nuancen, unterlegt mit geradezu magischen Gitarrenriffs, da war ich ganz eins mit Johnny Depp und seiner einsamen Suche nach Ruhe.
Und kaum vorstellbar erschien es mir, dass Jarmusch zu diesem filmischen Wunder in der Lage gewesen wäre ohne die Existenz von Böcklins Werk, ohne Kenntnis seiner ‹Toteninsel›. Sie sind miteinander verwandt, die beiden Werke: Dass im Hinschied auch eine Schönheit liegen kann, im Schmerz über den letzten Verlust eine geheimnisvolle Klarheit und erhebende Konzentration, ist in beiden Meisterwerken eindrücklich zu erleben. Und noch erschütternder war die Wiederbegegnung viele Jahre später, als mein Vater schon sehr krank war und wir Tag für Tag nach einem Weg gesucht haben, dem wachsenden Schmerz einen Sinn abzuringen. Wir gingen also ein letztes Mal ins Kunstmuseum. Ich schob ihn im Rollstuhl durch die damalige Gursky-Ausstellung, sie hat ihn äusserst fasziniert, aber am Ende standen bzw. sassen wir vor der ‹Toteninsel›, stillschweigend, schaudernd, staunend und ahnend zugleich. Ob uns dieser gemeinsame Moment vor der ‹Toteninsel› geholfen hat, den späteren Abschied vorzubereiten, wage ich nicht zu behaupten – aber gemeinsam einer Darstellung des Übergangs vom Leben in den Tod in dieser Vollkommenheit gegenübergestanden zu haben war in jedem Fall ein bewegender und versöhnlicher Moment.
Dass am Ende des Sterbens ein Licht sein soll, das Totenlicht, das liest und hört man oft, nicht nur bei Samuel Beckett –, aber

Philippe Bischof
ist Leiter der Abteilung Kultur Basel-Stadt.

Arnold Böcklin (1827–1901)
Die Toteninsel
(Erste Fassung), 1880
Öl auf Leinwand, 110.9 × 156.4 cm
Kunstmuseum Basel,
Depositum der Gottfried
Keller-Stiftung 1920

dass der Tote selbst das Licht sein kann, das ruft einem Böcklin so traurig-schön in Erinnerung, als ob der Tod tatsächlich das Ziel (oder der Sinn) des Lebens sei. Beides ist voneinander nicht zu trennen, wir wissen es allzu genau und vergessen es doch immer wieder. Böcklin erinnert uns in seinem Memento mori auf unvergleichliche Art daran, dass wir ohne Licht nicht leben können, auf beiden Seiten nicht.»

Katrin Eckert

«Vor den Bildern von Lucas Cranach dem Älteren bleibe ich immer besonders lange stehen, so auch im Kunstmuseum Basel. Die ‹Lucretia›, die er zwischen 1535 und 1540 gemalt hat, ist sehr reduziert. Kein Hintergrund, kein Interieur, kein Zeitkolorit als Kulisse. Eine praktisch nackte Frau, die kurz davor ist, sich zu erstechen und trotzdem ganz ruhig wirkt. Dabei könnte das Motiv dramatischer nicht sein. Laut Überlieferung war Lucretia eine römische Frau, die Gattin des Collatinus. Sie war schön – das sieht man – und tugendhaft – das zeigen die Schleier, die allerdings auf dem Bild nichts verhüllen. Sextus, ein entfernter Verwandter ihres Mannes, kommt während dessen Abwesenheit in ihr Haus und will sie zum Beischlaf zwingen. Er droht ihr, sie umzubringen und ihre Leiche neben einen toten Sklaven zu legen. Er würde sie der Unzucht beschuldigen, die er auf frischer Tat gesühnt habe. Angesichts dieser Drohung lässt Lucretia die Vergewaltigung über sich ergehen. Obwohl ihr Mann und ihr Vater ihr glauben (und nicht etwa denken, sie sei mitschuldig), bringt sie sich später um, angeblich, um keiner untreuen Frau einen Vorwand zu liefern, ungestraft davonzukommen. Diese Gewalttat löste, so wird berichtet, einen Volksaufstand auf, der den Anfang der Römischen Republik markierte.
Das Motiv wurde in der Kunst unzählige Male dargestellt, etwa von Tizian oder Artemisia Gentileschi. Auch von Cranach dem Älteren gibt es mehrere Gemälde dazu. Von Ovid über Shakespeare bis Mario Vargas Llosa wurde die Geschichte der Lucretia immer wieder neu erzählt.
Auf dem Bild hat die Gewalttat keine Spuren hinterlassen. Nur der scharfe Dolch vor dem ungeschützten Körper schafft eine dramatische Spannung. Warum die Frau sich umbringen will, sehen wir nicht, allein der Bildtitel gibt uns den Hinweis darauf: Sie bringt sich um, weil sie vergewaltigt wurde. Das ist ungeheuerlich und schrecklich, auch wenn sie als Inbegriff der Tugend in die Kunstgeschichte eingeht. Der Frauenkörper war und ist Austragungsort von Machtansprüchen und Moralvorstellungen, das wissen wir. Was wir sehen, ist ein makelloser, lebendiger Körper, der gleich von dem kalten Stahl durchbohrt wird. Cranach hat die Makellosigkeit des Körpers hinreissend gemalt. In Lucretias Blick liegt keine Verzweiflung. Das lässt uns angesichts der bevorstehenden Selbsttötung erst recht schaudern, während die Schönheit des Bildes betörend ist. Der verzierte Griff

des Dolches, die Kette und die Haare harmonieren farblich perfekt. Und dann diese Schleier! Einer bedeckt den Kopf und die Haare, der andere ist lose um den Körper geworfen. In der Kunst des Schleiermalens ist Cranach wahrscheinlich unübertroffen. An dieser Transparenz des Stoffes, die so unglaublich virtuos gemalt ist, kann ich mich gar nicht sattsehen.»

Katrin Eckert ist Intendantin des Literaturhauses Basel und Leiterin des Festivals BuchBasel.

Lucas Cranach d. Ä. (1472–1553)
Lucretia, um 1535–1540
Öl auf Holz, 79 × 64 cm
Kunstmuseum Basel,
Ankauf 1934

Samuel T. Holzach

«Ich wähle nicht das Offensichtliche – Picasso, Böcklin oder Holbein –, sondern ein Werk, welches mich seit meiner Kindheit immer wieder begleitet, fasziniert, anzieht und anspricht: ‹Tierschicksale› von Franz Marc aus dem Jahr 1913.
Immer wenn ich das Basler Kunstmuseum besuche, führt mein Weg unweigerlich an diesem expressionistischen Werk vorbei, das 1917 den Flammen zum Opfer fiel. Das verbrannte rechte Drittel wurde durch Franz Marcs Künstlerfreund Paul Klee auf der Basis von alten Fotografien und einer farbigen Vorstudie neu ergänzt.
Was mir gut gefällt: Klee hat diesen Teil des restaurierten Bildes mit dunkleren, bräunlichen Temperafarben ausgeführt, sodass die künstlerische Ergänzung für den Betrachter deutlich sichtbar wird.
So lebt das Werk seiner Bezeichnung nach, welche der Künstler auf der Leinwandrückseite angebracht hat: ‹Und alles Sein ist flammend Leid.› Welch Ironie des Schicksals! Erst recht, wenn man weiss, dass Franz Marc 1916 im Alter von 36 Jahren in Verdun gefallen ist.»

Samuel T. Holzach ist Regionaldirektor Basel der UBS Switzerland AG und Präsident des Verwaltungsrats des Theater Basel.

Franz Marc (1880–1916)
Tierschicksale (Die Bäume zeigten ihre Ringe, die Tiere ihre Adern), 1913
Öl auf Leinwand, 194.7 × 263.5 cm
Kunstmuseum Basel, mit einem Sonderkredit der Basler Regierung erworben 1939

Beat von Wartburg

«‹Die Kreuzigung› von Matthias Grünewald, dieses ebenso dunkle wie farbstrotzende, geheimnisvolle Andachtsbild im Kunstmuseum Basel, zieht mich seit meiner Jugend in den Bann. Nicht nur das Bild ist geheimnisvoll, sondern auch der Maler Matthias Grünewald selbst. Über seine wahre Identität streitet die Forschung noch heute. Nur eines ist gewiss, der Künstler, der heute unter dem Namen Matthias Grünewald bekannt ist, hiess nie so. Während andere Maler seiner Zeit profane Bildthemen wählten, besteht sein Werk aus religiösen Motiven, darunter viele Kreuzigungsszenen. Seine Kunst gehörte zu einem künstlerischen und spätgotischen Universum, das im Zeitalter der Reformation im Untergang begriffen war, er selbst verhielt sich wie ein mittelalterlicher Maler, der hinter seinem Werk zurücktritt.

Beat von Wartburg, Dr. phil., ist Direktor der Christoph Merian Stiftung und Historiker.

Matthias Grünewald (1480/1483–1528)
Die Kreuzigung Christi, um 1515 (?)
Mischtechnik auf Lindenholz, 74.9 × 54.4 cm
Kunstmuseum Basel, Eingang vor 1775

*W. G. Sebald, Nach der Natur. Ein Elementargedicht, Franz Greno Verlag, Nördlingen 1988, S. 22.

Bildthemen

So wenig wir über Grünewald wissen, so wenig wissen wir über seine Basler ‹Kreuzigung› und ihren Ursprung. Nur so viel: 1775 wird sie von Christian Beck erwähnt in einem handschriftlichen Inventar der Kunstsammlung der öffentlichen Bibliothek Basel, die sich damals im Haus zur Mücke befand. Dort heisst es lakonisch: ‹Ein Crucifix, dabey ein geharnischter Mann und drey Weiber, mit Ölfarben auf Holtz gemalet.› Einer Hypothese folgend könnte das Bild aus dem Besitz des Ordens der Antoniter in Basel stammen. Das Basler Kloster unterstand dem Kloster in Isenheim. Da entstand Grünewalds Hauptwerk: der Isenheimer Altar ...

Wer den Basler Grünewald sieht, ist in Gedanken immer auch in Colmar im Musée Unterlinden beim Isenheimer Altar, diesem gewaltigen Opus, dem doppelten Triptychon mit seiner unglaublichen Bildwucht, mit der Kreuzigungsszene, den schauerlichen Figuren, den geheimnisumwitterten Landschaften, der euphorischen farbexplosiven Auferstehungsszene.

Im Antoniterkloster in Isenheim erlebte Grünewald die Gläubigen, Pilger, Mönche und die an der Mutterkorn-Epidemie, dem Antoniusfeuer, erkrankten Dahinsiechenden. Der deutsche Autor W. G. Sebald beschreibt das so: ‹Spätestens mit dem Anfang der Arbeiten / in dem Elsässer Krüppelheim, wo das vielfältigste / Anschauungsmaterial dafür, wie der Mensch / in sich hineinkriecht oder aus sich / heraus will, versammelt war, wird Grünewald, / der ohnehin zu einer extremistischen Auffassung / der Welt geneigt haben muß, die Erlösung / des Lebens als eine vom Leben verstanden haben.›*

I·N·R·I

Die Darstellung der Kreuzigungsszene war ein häufiger Bildtopos gotischer Andachtsbilder. Matthias Grünewalds Darstellung hebt sich von der seiner Vorgänger und Zeitgenossen aber dadurch ab, dass der Leib Christi wie vielleicht nie zuvor derart todeswirklich dargestellt wurde. Die Inszenierung von Tod und Leichenhaftigkeit erinnert uns Baslerinnen und Basler natürlich an Holbeins ‹Der tote Christus im Grab›. Doch Holbein malte seinen Leichnam später und man kann davon ausgehen, dass er von Grünewalds gekreuzigtem Christus in Isenheim inspiriert war.
Sosehr der Gekreuzigte im Zentrum steht, die wichtigste Figur auf dem Bild ist der Centurio Longinus, der erste Mensch, der die Göttlichkeit Christi erkannte: ‹Vere filius dei erat ille›, steht wie in einer Sprechblase beim Kopf des römischen Soldaten. Und genau um diesen Moment und um ihn, den Centurio, geht es in Grünewalds Bild. Für die katholische Kirche ist die Szene und die durch die Lanze des römischen Soldaten geöffnete Seite Jesu am Kreuz der spirituelle Ursprungsort, aus dem die Sakramente kommen: ‹... einer der Soldaten stiess mit der Lanze in seine Seite, und sogleich floss Blut und Wasser heraus› (Johannes 19,34).
Und noch auf etwas verweisen die entsprechenden Bibelstellen: Auf die Sonnenfinsternis, die sich während der Kreuzigung zwischen 6 und 9 Uhr ereignet hatte. Und so taucht Grünewald Jerusalem im Hintergrund in tiefe Nacht. Nur schemenhaft kann man die Stadt und einzelne kleine Figuren erkennen, die ganz klein, ganz fein und ganz transparent gezeichnet sind. Sind es Engel oder Auferstandene? Die Figuren irritieren in ihrer Zartheit die Betrachter, weil sie – und die Kunsthistoriker – sie nicht einwandfrei deuten können.
Matthias Grünewalds ‹Kreuzigung› ist ein kleines Bild – durch seine kompositorische und expressive Dichte mit grosser Anziehungs- und Ausstrahlungskraft.»

Hans-Georg Hofmann

«Berglandschaften haben mich schon immer fasziniert. Als Junge, der östlich des Eisernen Vorhangs in Halle (Saale) als Flachlandindianer aufwuchs, besass ich zwei Alpen-Alben. Das eine – mit alten Postkarten – hatte mir mein Grossvater anvertraut. Das andere entstand aus den Verpackungen von Swiss Premium Mini-Schokoladentäfelchen mit Panorama-Ansichten. Meine Eltern bekamen sie regelmässig von Freunden aus Bern geschenkt. Ich schnitt die alpinen Berglandschaften aus, klebte sie geografisch geordnet ins Album und begab mich auf Traumwanderungen zu schneebedeckten Gipfeln. Empfindlich gestört wurden diese Ausflüge einige Jahre später, als ich eine Ausgabe von Ernst Ludwig Kirchners Davoser Tagebuch mit Zeichnungen des Malers in die Hände bekam. Eine abstrakt surreale Bildsprache strömte mir entgegen – expressive Farbexplosionen aus Pink-, Giftgrün-, Blau- und Lavendeltönen. Massive Felswände begannen sich bei näherer Betrachtung zu bewegen. Diese Bilder hatten mit meinen fotografischen Vorlagen nichts gemeinsam. Sie strahlten eine viel stärkere magische Anziehungskraft aus, die ich mir nicht erklären konnte.

Die Verbindung Halle-Davos

Erst später erfuhr ich, dass es eine direkte Verbindung zwischen den Davoser Bergen und meiner Heimatstadt gab. Kirchner hatte sich als Soldat für den Ersten Weltkrieg gemeldet und kam 1915 zur Militärausbildung nach Halle. Schon nach wenigen Wochen erlitt er einen psychischen Zusammenbruch und wurde entlassen. Er trank bis zur Besinnungslosigkeit, betäubte sich mit Tabletten und Morphium. Die in dieser Zeit entstandenen Selbstporträts gehören sicherlich zu den ergreifendsten Darstellungen existenzieller Angst und Verzweiflung. Entziehungskuren in deutschen Sanatorien blieben erfolglos. Lähmungserscheinungen der Gliedmassen und Bewusstseinsstörungen führten ihn an den Rand des Todes. 1918 dann die Rettung: Kirchner verliess Deutschland und begann ein neues Leben in Davos.

Die Darstellung der Natur, der Bergwelt und ihrer einfachen Bewohner rückte nun ins Zentrum seines künstlerischen Schaffens. Sie steht symbolisch für eine Vision von der inneren Erneuerung von Körper und Seele. Doch Kirchners Utopie von Vollkommenheit und innerer Ruhe schliesst die ‹erlebte› Realität nicht aus. Sie baut eher auf durchlebten Erfahrungen auf und möchte durch Steigerung des Ausdrucks Neues entstehen lassen. Das ist das Faszinierende. Sein Bild ‹Amselfluh› ist für mich das eindrücklichste Ergebnis dieser Auseinandersetzung. Die Formen der Berge werden stark vereinfacht zu abstrakten Gebilden, die miteinander ins Gespräch kommen. Mit wellenförmigen Bewegungen scheinen sie zum Leben erweckt. Noch stärker zeigt sich das im wogenden Schneemassiv, in dessen Mitte ein kleines dunkles Männlein in ein Kuhhorn bläst. Doch der Klang kommt von der illuminierten Natur, den singenden Bergen und glühenden Schneefeldern. In Stefan Schwieterts wunderbarem Film ‹Heimatklänge› gibt es eine vergleichbare Szene, in der man Christian Zehnder und Balthasar Streiff – damals noch als Duo Stimmhorn – in die Berge ziehen sieht, um der Natur ihre Klänge abzulauschen, die sie dann neu komponieren. Schon bei Kirchner ist das Naturerlebnis Ausgangspunkt, aber auch nicht mehr als Anregung, um die Natur komplett umzugestalten und aus der inneren Vorstellung und Erlebniswelt etwas Neues entstehen zu lassen. Das unterscheidet die Kunst von der technischen Reproduzierbarkeit, die Malerei von einer Ansichtskarte oder einer Schokoladenverpackung. Die Alpen-Alben besitze ich trotzdem noch.»

Hans-Georg Hofmann ist Leiter künstlerische Planung des Sinfonieorchesters Basel.

Ernst Ludwig Kirchner
(1880–1938)
Amselfluh, 1922
Öl auf Leinwand, 120 × 170.5 cm
Kunstmuseum Basel,
mit Beiträgen von Dr. h.c. Richard Doetsch-Benziger und Max Ras erworben 1944

Thüring Bräm

«In einer Zeit, in der ein Informationsüberfluss von allen Seiten auf uns einströmt, wächst das Bedürfnis nach Konzentration und maximalem Ausdruck mit wenigen Mitteln. Seit meiner Gymnasialzeit hat mich die Reduktion aufs Wesentliche in der Malerei zum Beispiel bei Mondrian sehr berührt. Und da gab es im Kunstmuseum Basel ab 1959 plötzlich ein Bild, das mich damals vorerst sehr aufregte: eine grosse violett-blaue Fläche im Längsformat mit zwei engen Streifen oben und unten. Ich dachte, ich könnte das auch malen, ging nach Hause, versuchte es und realisierte, dass es viel schwieriger war als anfänglich gedacht. Eine so grosse Fläche mit der gleichen Farbe ebenmässig zu bemalen bewirkt eine Art Trance, durch das lange Hinschauen beginnt sich die Fläche zu beleben: Es ergibt sich ein Hineinschauen in ein tiefes Etwas, das nur an den Rändern begrenzt wird. Es ist eine Art Entstehung der Welt aus dem Nichts (wie am Anfang von Joseph Haydns ‹Schöpfung›). Da wurde ein Weg zur Konzentration gezeigt, der zugleich Ruhe und Aufregung beinhaltete bei äusserster Reduktion der Mittel. Da eröffneten sich Unendlichkeit und Begrenzung. Nicht ein äusserer bildlicher Eindruck wurde da abgebildet, sondern der Abgrund einer bodenlosen inneren Welt auf der Suche nach Sinn. Das Bild hat für mich in keiner Weise Staub angesetzt. Die Kompromisslosigkeit fasziniert mich auch heute noch.»

Thüring Bräm, Prof. em. der Hochschule Luzern – Musik, ist Komponist und Dirigent. Von 1973 bis 1987 war er in der Direktion der Musik Akademie Basel tätig.

Barnett Newman (1905–1970)
Day Before One, 1951
Öl auf Baumwolle,
334.7 × 127.3 cm
Kunstmuseum Basel,
Schenkung der Schweizerischen National-Versicherungs-Gesellschaft anlässlich ihres 75. Jubiläums (1958) 1959

Werner von Mutzenbecher

«Die Erinnerung an das Bild reicht tief in die Zeiten zurück. Es war eigentlich immer da, in vielen Reproduktionen, im Museum als stilles, geheimnisvolles Original. Die wunderbaren Frauen Gauguins eben, wie sie gesittet und ernst dort auf der langen Bank sitzen, das vergisst man nicht.
Und dennoch wäre ich überfordert, müsste ich die Gestik der Frauen, ihre Körperhaltung, die Farbe der Kleider von links nach rechts beschreiben. Nur, dass das Bild ein karges Leuchten ausstrahlt, ist unumstösslich. Das wuchtigere, ja monumentale ‹Nafea faa ipoipo› besitzt eine ganz andere Farbgebung, fast zu üppig, zu warm für mich, das kühlere ‹Ta matete› lag mir immer näher. Und ist doch so entrückt! Nur Frauen auf dem Bild, hinten klein zwei Träger, sonst Frauen, selbstbewusst, im Gespräch oder einfach nebeneinandersitzend, vorne rechts von einer stehenden Frauenfigur wie bewacht. Eine reine Frauengesellschaft also, wie so oft bei Gauguin. Seltsam altägyptisch in Seiten- oder Dreiviertelansicht die Sitzenden, seltsam stilisiert auch die Sprache ihrer Hände. Doch Gauguin hat nicht einfach Ägyptisches übernommen, seine Frauen sind aus einer anderen Zeit, sind sowohl Gegenwart wie mythische Vergangenheit.
Das Bild ist dünn gemalt, fast freskoartig direkt auf eine rohe Leinwand, kein Firnis hat es beeinträchtigt, die Oberfläche bleibt matt. Die Farben unglaublich kühn, schon früher beschäftigten mich die blauen und violetten Bäume, das Gelb des Kleides der Sitzenden rechts. Eine edle Ruhe geht von dem Bild aus, jede dieser Frauen hat ihr eigenes Geheimnis. Und der wunderschöne Titel: ‹Ta matete›, man spricht ihn gerne. Ta matete, der Markt. Bei Weitem nicht das einzige, aber doch eines meiner Lieblingsbilder. Dass es im Besitz des Basler Kunstmuseums ist und dort bleiben wird, stimmt mich froh.»

Werner von Mutzenbecher ist Maler, Filmemacher, Autor. Er lebt und arbeitet in Basel und Riehen.

Paul Gauguin (1848–1903)
Ta matete (Le marché), 1892
Öl auf Jute, 73.2 × 91.5 cm
Kunstmuseum Basel, Geschenk von Dr. h.c. Robert von Hirsch 1941

TA MATETE

Xavier Zuber

«Ich habe das Bild ‹Blaue Nacht› von Paul Klee zum ersten Mal als Teenager im Basler Kunstmuseum gesehen. Es war eine Begegnung, die sich über zahlreiche weitere Besuche im Verlauf der nächsten Jahre mehr und mehr intensiviert hat. Anfangs waren es die Böcklins, Hodler, Holbeins oder Picassos, die man immer gerne wiedersah, Klees ‹Blaue Nacht› erschloss sich mir erst mit zunehmendem Alter und vielleicht auch aus der Beschäftigung mit der Musik. Obwohl Klee ein Berner ist – wie ich heute weiss –, gehört dieser zu meinem Basel. Das Gemälde spiegelt die Stadt am Rheinknie wider, so wie ich sie erlebt habe und noch heute erlebe. Es ist Zeugnis eines Kulturverständnisses, das diese Stadt bis heute prägt und meinen Lebenslauf entscheidend beeinflusst hat. Es ist von der Farbigkeit und Komposition ein unglaublich eindringliches Werk, das auf musikalische Weise Variationen nächtlicher Begegnungen und Erlebnisse suggeriert. Es verweist auf die Einheit zwischen Mensch und Natur. Die ‹Blaue Nacht› ist ein optimistisches Werk.»

Xavier Zuber, geboren in Basel, ist Opern- und Konzertdirektor bei Konzert Theater Bern und war von 1996 bis 1999 Dramaturg für Tanz und Oper in Basel.

Paul Klee (1879–1940)
Blaue Nacht, 1937
Pastell auf Baumwolle auf Kleisterfarbe auf Jute, originale Rahmenleisten, 50.5 × 76.5 cm
Kunstmuseum Basel, Ankauf mit Mitteln des Birmann-Fonds 1941

Oswald Inglin

«Beim Betrachten der ‹Windsbraut› werde ich immer wieder in den Strudel von Oskar Kokoschkas Pinselorgie hineingezogen. Eigentlich stellt das Bild ein Liebespaar dar, eben den Künstler mit seiner damaligen Geliebten Alma Mahler, der Witwe des bekannten Komponisten. Während die Frau entspannt an der Schulter des Mannes schläft, ist die Angespanntheit des Letzteren unübersehbar: das Gesicht beinahe entstellt, die Hände verkrampft. Und dann dieses kühle Blau, die stürmisch erscheinende Berglandschaft im kalten Mondlicht im Hintergrund. Wie anders ist doch das Bild mit ähnlichem Motiv seines ebenfalls österreichischen Zeitgenossen Gustav Klimt, ‹Der Kuss›, das nur vier Jahre früher entstand.
Möglich, dass der Künstler das fragile Liebesverhältnis zu seiner Geliebten darstellen wollte. Je länger ich mich aber mit diesem Bild befasse, desto mehr schwingt für mich auch die ebenso fragile politische Situation des österreichisch-ungarischen Kaiserreichs am Vorabend des Ersten Weltkriegs mit: ‹Schlafwandler› wurden die Staatsoberhäupter der Kriegsnationen dieses grauenhaften Waffenganges auch schon genannt, da sie sich – allesamt blutsverwandt übrigens – einfach so in diesen Krieg hineinziehen liessen. Spürt der Mann neben der Windsbraut, beinahe seismografisch, was im Anzug ist?
Das Bild wühlt mich immer wieder auf und erinnert mich daran, dass nichts als gegeben vorausgesetzt werden kann, weder Liebe noch Frieden und Unversehrtheit.»

Oswald Inglin ist Konrektor des Gymnasiums Leonhard, Grossrat und Präsident der Bildungs- und Kulturkommission Basel-Stadt.

Oskar Kokoschka (1886–1980)
Die Windsbraut, 1913
Öl auf Leinwand, 180.4 × 220.2 cm
Kunstmuseum Basel, mit einem Sonderkredit der Basler Regierung erworben 1939

Wolfgang Bortlik

«Ein Lieblingsbild aus dem Kunstmuseum ist unfair. 50 wären okay. Dada. Surrealismus. Bilder, die schon immer meine Fantasie befeuert haben. Bilder, die mich zum Schwitzen bringen. Bilder, die mich nach Worten suchen lassen. Gut, eins aus 50, dann also ist mein Favorit ein Bild des Basler Surrealisten Walter Kurt Wiemken. Möglicherweise ist er nicht mehr so bekannt in seiner Heimatstadt, umso besser ist es, an ihn zu erinnern.

In Basel geboren und aufgewachsen, erkrankte Wiemken mit vier Jahren an Kinderlähmung, was ihn sein Leben lang körperlich behinderte. Er war ein überaus wacher, einfühlsamer, empathischer Geist, gut befreundet mit Otto Abt und Walter Bodmer, Mitbegründer der Gruppe 33. 1940 verunglückte er bei einem Spaziergang im Tessin tödlich. Anlässlich seines hundertsten Geburtstags gab es 2007 eine Ausstellung im Kunstmuseum. Ich habe mir ein kleines Bild von ihm ausgesucht: ‹Das Denkmal des Generals› ist nur ein bisschen grösser als ein A4-Blatt, aber Fläche ist ja nicht immer gleich Wirkung.

Das Bild entstand 1937, unter dem Eindruck des Spanischen Bürgerkriegs, zur selben Zeit ungefähr, als Picasso ‹Guernica› malte. Ein Jahr vorher hatte der faschistische General Franco gegen die Republik geputscht und 1939, nach einem blutigen Krieg und mit Hilfe der Nazis, gesiegt. Das Bild von Wiemken ist mit einem wütenden Pinselstrich hingeworfen, voller Entsetzen hingemalt. Da sitzt dieser General auf einem Gerüst aus blutigen Leichen, auf einem Thron aus toten Republikanern, Anarchisten, Kommunisten. Von oben erscheint ein auch ziemlich leichenähnlicher rosaroter Engel, um den General mit einem Lorbeerkranz zu zieren. Irritiert hat mich immer der leuchtend rote Uniformrock des so locker Dasitzenden. Und während die Toten alle noch ein Gesicht haben, hat der General keines. Er könnte also jeder der grossen Verbrecher jener Zeit bis heute sein. Eigentlich ist es auch gar kein Thron, auf dem der General sitzt, es ist eher ein Scheiterhaufen. Man müsste ihn nur anzünden.»

Wolfgang Bortlik, geboren 1952 in München, lebt als Schriftsteller, Sportdichter und Vortragender in Riehen bei Basel.

Walter Kurt Wiemken (1907–1940)
Das Denkmal des Generals, 1937
Öl auf Karton, 32 × 24 cm
Kunstmuseum Basel, Ankauf 1976

Antonio Loprieno

«Ich kenne diese Höhle. Sie liegt auf einem mir vertrauten Eiland im Mittelmeer, ein paar Kilometer vom Ferienhaus entfernt. Ich erkenne auch die nackte Nymphe an deren Eingang: Sie ist des Künstlers eigene Muse und trägt einen anderen Namen für jeden von uns. Und der grübelnde Mann am Felsenrand? Mit ihm ist der Künstler, mit ihm ist jeder von uns besonders vertraut. Geradezu mythisch verkörpert er den westlichen Geist, dessen Neugier keine Grenzen kennt; der Mann, der sich an den Mast binden liess, um den Gesang der Sirenen zu hören und ihrer Versuchung dennoch zu widerstehen, ist auch in jedem von uns verborgen. Es ist ein asymmetrisches Paar: Sie ist göttlich und schön und will ihn in der Höhle behalten; er ist menschlich und gescheit und will weiter in eine verjüngte Vergangenheit, die jenseits des Felsenrands lauert. Es ist ein asymmetrischer Dekor: hier Schleier, Leier und ein roter Teppich; dort Steine, Wolken und ein blauer Mantel. Hier eine erotische, kalte Gegenwart; dort ein enthaltsamer, warmer Wissensdrang.

Wir werden weitersegeln
Wir kennen diese Höhle. Wie Arnold Böcklin tragen wir sie in uns. Sieben Jahre hat er schon im goldenen Käfig der Lust – der Trägheit – verbracht. Durch die Macht ihrer Schönheit lässt uns Kalypso immer wieder vor dem Neuen – dem Gefährlichen, dem Erneuernden, dem Befreienden – zurückschrecken. Odysseus, der Künstler und wir alle werden immer wieder mit solchen Entscheiden konfrontiert. Wohin mit dem Leben? In Gaudos bleiben oder zurück nach Ithaka? In Florenz bleiben oder zurück in die Schweiz? Der immer noch lasziven, aber längst ihres Feuers beraubten Kalypso, die ihrer ermatteten Liebe nachtrauert, kehren wir den Rücken, indem wir uns als nachdenkliche Liebende zeigen. Wie hinterhältig! Denn so kann Kalypso unser dem Horizont und der Meerestiefe zulächelndes Gesicht nicht sehen. Der mutige Odysseus ist zu feige, es ihr zu zeigen, hat indes die Entscheidung längst getroffen: Er wird – wir werden – weitersegeln und hoffen, dass das Neue, das sich jeweils unseren Augen erschliesst, dem Alten im eigenen Herzen entsprechen mag.»

Antonio Loprieno ist Professor für Ägyptologie an der Universität Basel.

Arnold Böcklin (1827–1901)
Odysseus und Kalypso, 1882
Öl auf Mahagoniholz,
103.5 × 149.8 cm
Kunstmuseum Basel,
erworben mit Mitteln aus dem Birmann-Fonds,
des Freiwilligen Museumsvereins und einiger Kunstfreunde 1895

Désirée Meiser

«Wann ich mich entschieden habe, das ‹Bildnis des schreibenden Erasmus von Rotterdam› von Holbein dem Jüngeren (1497–1543) als mein Lieblingsbild zu deklarieren (was ja genauso schwer zu bestimmen ist wie das Lieblingsessen ...), weiss ich nicht mehr, aber es ist halt passiert. Meine ‹Beziehung› zu Erasmus begann vor vielen Jahren, als ich noch am Nadelberg 17 lebte, über der Buchhandlung Labyrinth im ‹Haus zur alten Treu›, wo einst auch Erasmus in seinen späten Jahren wohnte. Ich wollte damals mehr über meinen berühmten Vormieter erfahren, las das ‹Lob der Torheit› und ging ins Kunstmuseum. Dieses Bildnis, das mich sofort in seinen Bann zog, vermittelte mir einen so starken Eindruck von diesem grossen Humanisten und meinem damaligen ‹Hausgeist›, dass ich fast das Gefühl hatte, ihn persönlich zu kennen.
In der Biografie ‹Triumph und Tragik des Erasmus von Rotterdam› beschreibt Stefan Zweig ziemlich genau, was mich an diesem Bild damals so faszinierte und bis heute berührt: ‹... großartig gelangt in dieser Darstellung der sonst unbelauschbare Moment der chemischen Kraftumschaltung von geistiger Materie zu Form und Schrift zur Erscheinung. Stundenlang kann man dieses Bild ansehen und seiner schwingenden Stille lauschen, denn im Symbol des arbeitenden Erasmus hat Holbein den heiligen Ernst jedes geistigen Arbeiters, die unsichtbare Geduld jedes wahren Künstlers verewigt.›*
Schön, oder?!»

Désirée Meiser ist künstlerische Leiterin des Gare du Nord (Bahnhof für Neue Musik in Basel) und zudem als Regisseurin für Musiktheater tätig.

Hans Holbein d. J.
(um 1497/1498–1543)
Bildnis des schreibenden Erasmus von Rotterdam, 1523
Mischtechnik auf Papier, auf Tannenholz aufgeklebt, 37.1 × 30.8 cm
Kunstmuseum Basel, Amerbach-Kabinett 1662

*Stefan Zweig, Triumph und Tragik des Erasmus von Rotterdam, S. Fischer Verlag, Frankfurt am Main 1981, S. 53.

Richard Wherlock

«Ich habe mich für Auguste Rodins ‹Gebückter weiblicher Akt mit aufgestützten Händen, vornübergebeugt, auf dem rechten Beine kniend› von 1897 entschieden. Es ist eine Kreide- und Pinsellithographie, deren Leichtigkeit und Zartheit mir besonders gefällt. Man muss schon genauer hinsehen, um den zarten Umriss zu erkennen; erst ein zweiter Blick lässt die ganze Gestalt erscheinen. Und obwohl Rodin über eine unfehlbare Kenntnis des menschlichen Körpers verfügte, lässt er hier alle Details hinter der zarten Oberfläche verborgen. Rainer Maria Rilke sagte über Rodins Zeichnungen, es seien ‹... Akte, die mit jagender Sicherheit gezeichnet sind, Formen, ausgefüllt von allen ihren Konturen, modelliert mit vielen schnellen Federstrichen, und andere, eingeschlossen in die Melodie eines einzigen vibrierenden Umrisses ...›.* Und obwohl dieses Bild für mich eine unglaubliche Ruhe und eine feine Gelassenheit ausstrahlt, ist es genau dieser vibrierende Umriss, der sich beim Erforschen des Bildes auftut und der plötzlich Fragen aufkommen lässt. Warum so? Weshalb diese Haltung?
Rodin wollte, dass sich die Modelle für seine Zeichnungen bewegen. Sie sollten nicht still sitzen, sondern natürlich sein, das tun, wozu sie gerade Lust haben. Auch die Dame auf dem Bild wirkt auf mich nicht statisch. Eher dynamisch, als könnte sie den Oberkörper jeden Moment heben und dem Betrachter herausfordernd in die Augen sehen. Der Bildhauer Rodin lässt sein Modell tanzen und wird selbst zum Tänzer. Ein Tänzer mit jagendem Pinsel, schreitenden Federstrichen, nach einer vibrierenden, vielleicht sogar inneren Melodie.»

Richard Wherlock ist Ballettdirektor und Chefchoreograf des Ballett Basel.

Auguste Rodin (1840–1917)
Gebückter weiblicher Akt mit aufgestützten Händen, vornübergebeugt, auf dem rechten Beine kniend, 1897
Kreide- und Pinsellithographie, gedruckt von Auguste Clot
Blatt 49.8 × 37.4 cm,
Bild 20.5 × 15 cm
Kunstmuseum Basel, Kupferstichkabinett, Ankauf 1915

* Rainer Maria Rilke, Rodin, Insel Verlag, Leipzig 1913, S. 46.

A. Rodin

Jean Jacques Schaffner

«Ich gebe es gerne zu: Als Grafiker und Fotograf habe ich ein gespaltenes Verhältnis zur Malerei, vor allem der nichtfigurativen Malerei. Als Kind der Pop-Art-Generation und als Sammler moderner Kunst und von Schweizer Plakaten hänge ich an allem, was im weitesten Sinne mit handwerklichem Können zu tun hat. Das Bild ‹Reicher Hafen› von Paul Klee nimmt für mich vieles, was erst Jahrzehnte später aktuell wurde, voraus. Die an typografische Zeichen oder Runen erinnernden schwarzen, das Bild dominierenden Formen überlagern einzelne farbige Flächen, die so einen räumlichen Effekt entstehen lassen.
Bereits 1938, zwei Jahre vor seinem Tod, entwickelte Klee eine Art der Malerei, die einerseits an das spätere Werk von Miró erinnert oder an das noch viel spätere Werk von A.R. Penck oder gar an Keith Haring. Mich fasziniert zudem die Idee, die Formen an den Bildrändern auf allen Seiten angeschnitten zu lassen. Es entsteht so der Eindruck, das Werk sei nur ein Ausschnitt einer viel grösseren Szenerie. Bei längerer Betrachtung nicht nur der schwarzen Hieroglyphen, sondern auch der weissen Räume zwischen den Formen, entstehen immer neue Objekte, die durchaus erkennbar an reale Gegenstände erinnern können.
Ob sich der dargestellte Hafen in Südfrankreich oder Marokko befindet, ist für mich sekundär. Die inszenierte Reduktion auf das Wesentliche ist Zeugnis einer vertieften Arbeit im Atelier und nicht einer vor Ort erstellten Malerei. Diese Art zu arbeiten gleicht meiner eigenen Art, Dinge umzusetzen, und ich bewundere den Mut, bereits in den 1930er-Jahren Malerei so radikal zu hinterfragen. Der Streit darüber, ob Malerei und angewandte Grafik gleichzusetzen sind, erübrigt sich für mich durch dieses Bild. Gewiss, Paul Klee arbeitete frei, visionär und unabhängig von einem konkreten Auftrag. Und trotzdem, die Umsetzung eines konkreten Gedankens mit visuellen Mitteln ist auch im heutigen Design eine der Hauptaufgaben. Deshalb ist dieses Bild mein Lieblingswerk aus der Sammlung des Basler Kunstmuseums.»

Jean Jacques Schaffner
ist Designer, Fotograf, Inhaber und Geschäftsführer von Schaffner & Conzelmann Denkort und Designersfactory.

Paul Klee (1879–1940)
Reicher Hafen (ein Reisebild), 1938
Öl und Kleisterfarbe auf Zeitungspapier auf Jute, 75.4 × 165 cm
Kunstmuseum Basel, Schenkung der Klee-Gesellschaft 1948

Leonhard Burckhardt

«Macht der Mann im Bild eine kleine Pause vom intensiven Buchstudium? Seine Hände wirken allerdings nicht wie die eines Gelehrten, sondern währschaft. Gewohnt, auf dem Feld oder in der Werkstatt zuzupacken. Jetzt aber hantiert der Rabbiner mit einer Schnupftabakdose und gönnt sich eine Prise – wahrscheinlich ein bescheidener Luxus in der Welt des osteuropäischen Schtetls, in die uns das Bild führt.

Leonhard Burckhardt, Prof. Dr. phil, geboren 1953, ist Dozent für Alte Geschichte an der Universität Basel, Grossrat SP, Bürgerrat und Präsident der Freunde des Kunstmuseums Basel.

Marc Chagall (1887–1985)
La prisée (rabbin), 1923–1926
Öl auf Leinwand, 116.7 × 89.2 cm
Kunstmuseum Basel, mit einem Sonderkredit der Basler Regierung erworben 1939

Prägende jüdische Kultur

Der Künstler Marc Chagall entstammte dem osteuropäischen Judentum und kannte ausgezeichnet, was er malte, auch wenn es in diesem Fall nur der Erinnerung (und einer Vorlage aus eigener Hand) geschuldet war. Das Gemälde schuf er nämlich Mitte der 1920er-Jahre in Paris; kurz zuvor hatte er zusammen mit Gattin und Tochter sein Herkunftsland verlassen – von den Folgen der Oktoberrevolution enttäuscht. Die jüdische Kultur seiner weissrussischen Heimat blieb für ihn jedoch prägend, was sich auf dem Bild in wenigen Details wie dem Davidstern auf dem Wandteppich oder der angedeuteten Menora in der Bildecke links oben zeigt. Der Mann selbst ist durch Kippa, Schläfenlocken und Bart in seiner Zugehörigkeit zum Judentum bezeichnet, seine Funktion wird durch das Buch betont. Dessen unterschiedliche Seitengrössen, aber auch die Farbgebung oder die verschobenen Schulterhöhen heben die Figur allerdings in eine leicht surreale, aus dem eigenen Kosmos hinausweisende Sphäre, die durch den ein wenig verschmitzten, den Betrachter direkt ins Auge fassenden Ausdruck der Figur zart konterkariert wird.

Untergegangene Welt

Ich erinnere mich nicht mehr daran, was mich als Gymnasiast an diesem Bild vor vielen Jahren so faszinierte, dass ich es auswählte, als im Deutschunterricht ein Aufsatz über ein Werk im Museum zu verfassen war. Heute zieht das malerische Können Chagalls in den Bann, aber auch das Wissen darum, dass dieses wie auch viele andere seiner Gemälde von einer untergegangenen, einer ermordeten Welt zeugen. Die künstlerische Vitalität Chagalls war stärker und hat wunderbarerweise überlebt.»

Chagall

Kilian Rüthemann

«Diese Nervensäge! Ich muss jedes Mal stehen bleiben, wenn ich im Kunstmuseum Basel der Videoarbeit von Martha Rosler begegne und die unerhörte Trotzigkeit geniesse, mit der sie Küchengeräte vorführt, nein, mich mit ihnen eigentlich zerstechen, zermahlen, zerklopfen will – mich, den Zuschauer und Angeklagten. In diesem auf einer Performance basierenden Video richtet sich eine statische Kamera auf eine Frau in der Küche – es könnte eine Fernsehküche sein oder die Sesamstrasse –, in der die verschiedensten gewöhnlichen und je nach Kulturkreis ungewöhnlichen Küchenutensilien vor ihr auf einem Tisch liegen. In Trockenübungen und in alphabetischer Reihenfolge führt sie diese vor und benennt sie gleichzeitig. Offensichtlich hat sie keine gute Beziehung zu den Geräten. Wie Folter- und Mordinstrumente wirken die Utensilien. Die Frau fühlt sich gezwungen, mit diesen nicht nur Zitronenhälften und Eiern zu Leibe zu rücken. Eine wütendere und zugleich präzisere Aussage, die sich gegen eine vorbestimmte Rollenverteilung in der damaligen Zeit richtet, kenne ich nicht. Richard Serra vollführt in seinen Filmen und Videos, die zur ungefähr selben Zeit in den frühen Siebzigern entstehen und ebenfalls zu meinen Lieblingsstücken in der Sammlung des Kunstmuseums gehören, eine ähnliche Haltung zum ‹Machen›, obgleich seine Arbeiten viel mehr Raum für Hoffnung bieten. Tatsächlich wird mir Martha Rosler widersprechen, wenn ich behaupten würde, die Situation habe sich in den letzten 40 Jahren zum Guten verändert. Ich wäre aber gespannt, ob sich eine zeitgenössische Adaption des Videos ebenso frustriert anfühlen würde.
Die direkten, unzögerlichen Gesten, mit denen die Frau im Video das imaginäre Steak bearbeitet und mit Messlöffeln die unsichtbaren Substanzen in die Luft schleudert, inspirieren mich immer aufs Neue für meine eigene Arbeit.»

Kilian Rüthemann ist Künstler.

Martha Rosler (*1943)
Semiotics of the Kitchen, 1975
1-Kanal-Video, schwarz-weiss, Ton; 6 Min. 9 Sek.
Kunstmuseum Basel, Ankauf 2003

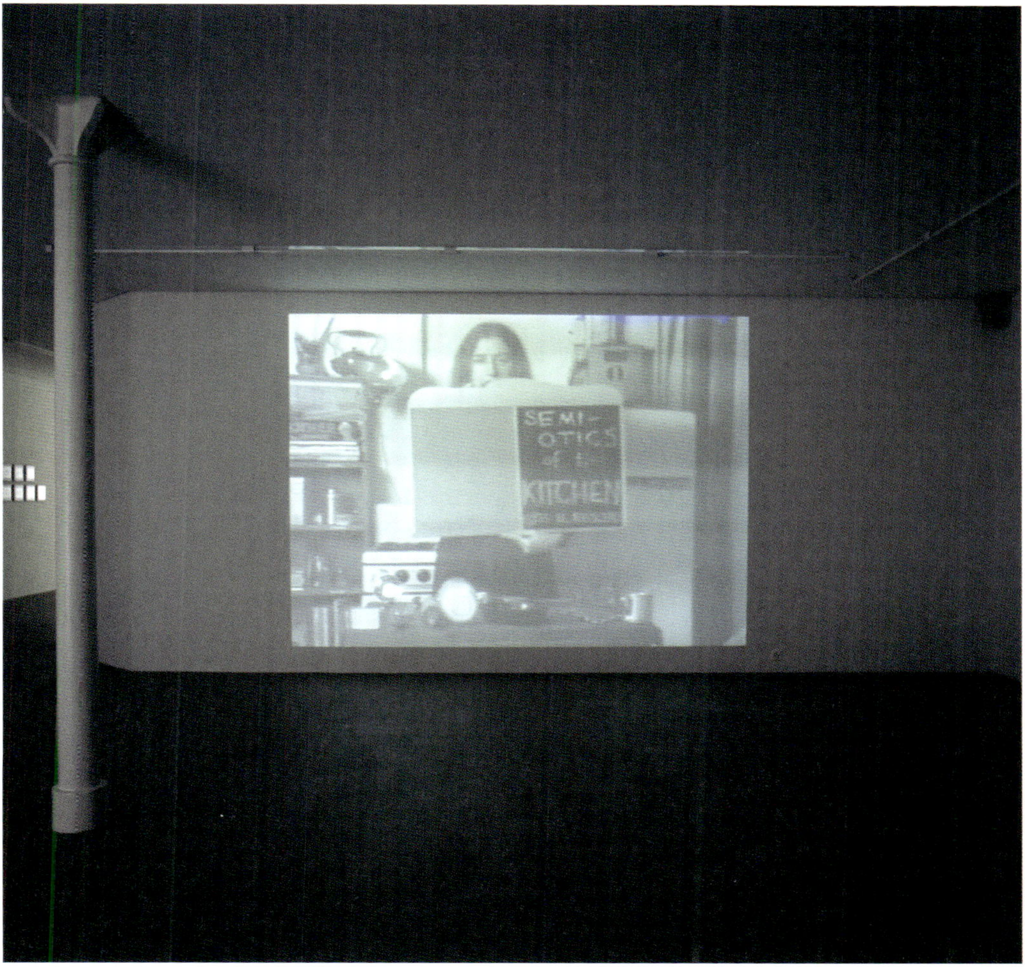
SEMI-
OTICS
KITCHEN

Jürg Henneberger

«Ferdinand Hodler ist vor allem als Maler monumentaler Ölgemälde und Wandbilder bekannt und – zumindest mir – wegen seiner symbolistischen, zur Idealisierung neigenden Darstellung des Menschen immer etwas suspekt geblieben. Dass er phänomenale, zukunftsweisende Landschaftsgemälde und äusserst lebensgetreue Porträts malen konnte, wurde mir erst später bewusst.
Zu Beginn meines Musikstudiums in Basel besuchte ich im Herbst 1976 im Kunstmuseum Bern die Ausstellung ‹Ein Maler vor Liebe und Tod. Ferdinand Hodler und Valentine Godé-Darel – ein Werkzyklus 1908–1915›, die mich nachhaltig beeindruckte.
Im Jahr 1908 lernte der damals 55-jährige Hodler die 20 Jahre jüngere Pariser Tänzerin Valentine Godé-Darel kennen, die seine Geliebte wurde. Im Oktober 1913, kurz nach der Geburt der gemeinsamen Tochter Pauline-Valentine, wurde bei Godé-Darel ein Krebsleiden diagnostiziert, dem sie am 25. Januar 1915 erlag. Hodler malte über ein Dutzend Gemälde und mehr als 100 Zeichnungen seiner Geliebten und dokumentierte damit den Verfall einer lebenslustigen Frau von jugendlicher Schönheit bis zu ihrem Tod.
Das Bild, das mich 1976 in der Berner Ausstellung am meisten schockiert und gleichzeitig fasziniert hat und das ich mit grosser Freude viele Jahre später im Kunstmuseum Basel wiederentdeckt habe, ist das mittelgrosse Ölgemälde ‹Die Sterbende›, auf dem die todkranke Valentine Godé-Darel am Tag vor ihrem Tod abgebildet ist. Der Blick des Betrachters wird vom Gesicht der Kranken in der rechten Bildhälfte geradezu magisch angezogen. Man fühlt sich unangenehm berührt, kommt sich vor wie ein Voyeur, der einen indiskreten Blick wagt. Aber Hodler schaut sehr genau hin und lässt uns quasi in seine Rolle schlüpfen. Er zeichnet schonungslos die eingefallenen Gesichtszüge, die markante Nase, den offenen Mund, ohne Beschönigung, absolut realistisch, plastisch wie eine Skulptur. Alles Weitere – Nachthemd, Kissen, Bettlaken, Hintergrund – ist mit wenigen Pinselstrichen angedeutet. Was ich damals schon geahnt habe, als ich als 19-Jähriger dieses Bild zum ersten Mal betrachtete: Diese Detailversessenheit ist Hodlers Art, seinen Schmerz und die Trauer zu verarbeiten. Es wurde mir klar, dass Valentine Godé-Darel für ihn mehr als nur eine Affäre war. Sie war wohl die Frau, die Hodler zeit seines Lebens am meisten geliebt hat. Das muss auch seine zweite Ehefrau Berthe Jacques gespürt haben, denn nach Godé-Darels Tod adoptierte sie deren Tochter Pauline-Valentine und nahm sie somit in die Familie auf.»

Jürg Henneberger ist Pianist, Dirigent und musikalischer Leiter des Ensembles Phoenix Basel.

Ferdinand Hodler (1853–1918)
Die Sterbende, 1915 (24. Jan.)
Öl auf Leinwand, 60.1 × 90.3 cm
Kunstmuseum Basel,
erworben mit einem Beitrag
aus dem Birmann-Fonds 1942

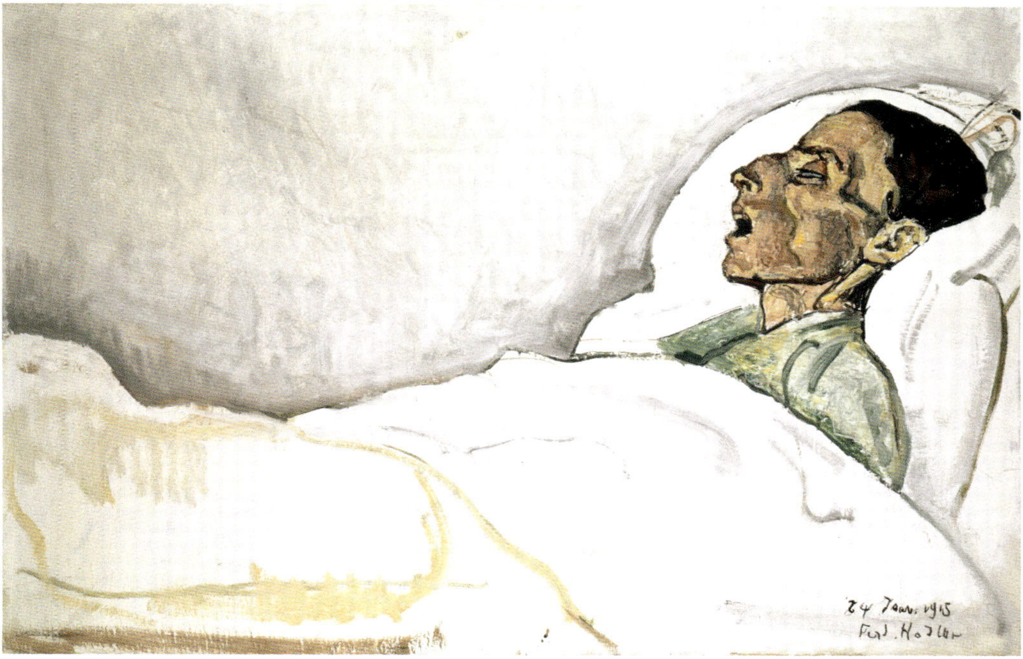
24 Janv. 1915
Ferd. Hodler

Erik Julliard

«Ich habe das Bild ‹Am Marktplatz in Basel› von Ernst Baumann als mein Lieblingswerk ausgewählt, weil mich sehr viel mit der Basler Innenstadt und dem Marktplatz verbindet. Seit rund 20 Jahren lebe ich nur einen Katzensprung davon entfernt, mein täglicher Arbeitsweg führt mich darüber, und mein Büro liegt direkt dahinter. Es gibt fast nichts Schöneres, als an einem Sommermorgen über den Marktplatz zu spazieren – das Spiel der Sonnenstrahlen auf der roten Fassade des Rathauses ist dabei ein Spektakel für sich. In jeder Stadt auf der ganzen Welt ist der Marktplatz ein zentraler Ort, der Menschen zusammenführt. Man trifft sich, kauft ein, hält einen Schwatz und verbringt Zeit zusammen. Genau wie auf den Marktplätzen dieser Welt führe ich am Basel Tattoo jedes Jahr Menschen aus den verschiedensten Kulturkreisen und Orten zusammen. Es entsteht eine Atmosphäre wie auf einem Markt; Musik, Stimmen, Lachen und Attraktionen werden vermischt. Während einer kurzen Zeit könnte man meinen, der Marktplatz rückt auf die andere Seite des Rheins – mitten auf das Kasernenareal.»

Erik Julliard ist CEO und Produzent der Basel Tattoo Productions GmbH und Schwedischer Honorarkonsul in Basel.

Ernst Baumann (1909–1992)
Am Marktplatz in Basel, 1943
Öl auf Baumwolle, 102 × 72 cm
Kunstmuseum Basel, Legat Hans und Nellie Göhner 2004

Guy Morin

«Mit den Bildern von Ferdinand Hodler habe ich mich bereits zu Beginn meines Medizinstudiums auseinandergesetzt. Die Porträts der an Krebs erkrankten und sterbenden Geliebten Valentine Godé-Darel im Krankenzimmer und die stimmungsvollen Landschaftsbilder des Genfersees haben mich damals tief bewegt. Die Auseinandersetzung mit dem Tod, der Verzweiflung, der Hoffnung und der Versöhnung mit dem Schicksal ist in diesen Bildern wundervoll dargestellt.
Im Hintergrund des Genfersees sind immer auch die Walliser und französischen Alpen zu sehen, und im Licht des Himmels werden die Gefühle des Künstlers spürbar zum Ausdruck gebracht. Auch bei dieser Darstellung der Dents du Midi spielt das Abendlicht eine wichtige Rolle. Zusammen mit dem Nebelmeer rückt es die Berggipfel in die Nähe des Schöpfers.
Die Gestalt der Berge ist heil, zeitlos, mächtig und unzerstörbar, mit stilisierenden Pinselstrichen und in wunderbaren Blau- und Gelbtönen dargestellt. Es ist ein heisser Sommerabend, das Licht flimmert, auf den Bergen ist nur noch wenig Schnee. Dieses Bild schafft viel Zuversicht.
Wenn ich an unsere Wanderungen zu den Gletscherzungen des Dent-Blanche-Massivs denke, werde ich nachdenklich: Die Gletscher schmelzen in einem rasanten Tempo dahin und ziehen sich zwischen 100 und 150 Meter pro Jahr zurück. Da mahnt uns dieses Bild von Ferdinand Hodler, der Natur Sorge zu tragen. Es gibt uns aber auch die Hoffnung, dass sie beständig ist.»

Guy Morin ist seit 2009 Regierungspräsident des Kantons Basel-Stadt.

Ferdinand Hodler (1853–1918)
Die Dents du Midi
von Chesières aus, 1912
Öl auf Leinwand, 65.7 × 88.3 cm
Kunstmuseum Basel,
Vermächtnis Max Geldner,
Basel 1958

F. Hodler

Barbara Schneider

«Im Kunstmuseum Basel sind aus allen Epochen wunderbare Schätze zu entdecken, immer wieder neu. So fällt es mir sehr schwer, mein Lieblingsbild zu nennen, davon gibt es sehr viele. Bei jedem Besuch im Museum könnte ich mich wieder für ein neues Werk entscheiden.
Ich wähle heute zu meinem Lieblingsbild ‹Vorabend (Marschlandschaft)› aus dem Jahr 1916 von Emil Nolde. Dieses Bild habe ich entdeckt, als ich vor mehr als 40 Jahren den Roman ‹Deutschstunde› von Siegfried Lenz gelesen habe. Darin wird aus der Sicht des schwer erziehbaren Jungen Siggi Jepsen die Geschichte des expressionistischen Malers Max Ludwig Nansen erzählt, der 1943 von den Nationalsozialisten mit einem Malverbot belegt wird. Siggi wird von seinem übereifrigen, pflichtbewussten Vater angestiftet, den Maler, den der Junge sehr bewundert, zu überwachen. Die Figur des Max Ludwig Nansen hat in Emil Nolde ein reales Vorbild. Auch er musste ein Malverbot ertragen, seine Bilder wurden 1937 in der Ausstellung ‹Entartete Kunst› in München gezeigt, auch das Bild ‹Vorabend›. An diesem Bild spricht mich immer wieder aufs Neue die starke Spannung an, die mir beim Betrachten entgegenschlägt. Die dunklen Wolken und der gelbe Himmel mit dem aufziehenden Gewitter wirken bedrohlich, doch der geschwungene Weg aus dem aufgewühlten Wasser im Vordergrund über die leuchtend grüne Wiese zu den blauen Hügeln am Horizont hat etwas Besänftigendes, vielleicht sogar Hoffnungsvolles. Emil Nolde malte ‹Vorabend› im dritten Kriegsjahr des Ersten Weltkriegs. Kommen im Bild die Schrecken dieses Krieges und die Hoffnung auf Frieden zum Ausdruck?
Weil für mich ‹Vorabend› ein ausserordentlich ausdrucksstarkes Bild ist, das zudem auf die unrühmliche und leidvolle Geschichte der Kunst während der Nazizeit hinweist und in einem Meisterwerk der Nachkriegsliteratur in Deutschland eine Rolle spielt, ist es zu einem meiner Lieblingsbilder im Kunstmuseum Basel geworden.»

Barbara Schneider war von 1997 bis 2009 Regierungsrätin des Kantons Basel-Stadt.

Emil Nolde (1867–1956)
Vorabend
(Marschlandschaft), 1916
Öl auf Leinwand, 73.4 × 100.9 cm
Kunstmuseum Basel, mit einem Sonderkredit der Basler Regierung erworben 1939

Verena Stössinger

«Ein Auftragswerk. Max Reinhardt, der Berliner Regisseur, erbat sich von Edvard Munch ‹Stimmungsskizzen› für seine ‹Gespenster›-Inszenierung. Bilder von Familie Alvings Wohnraum mit Blick auf die ‹feuchte fahle Regenatmosphäre› draussen; und ‹sehr wichtig scheinen uns Farbe und Muster der Tapete›.
Tapete? Auf Munchs Aquarell vom Ende des 1. Aktes gibt es keine, nur ein paar dicke Punkte löchern die linke Wand. Ein altes Braun fliesst über Boden, Wände, Bilder, Fenster und Türen – für Reinhardt ‹die Farbe von krankem Zahnfleisch›; er war begeistert. Von Ibsens ‹Gartenzimmer› ist nur die kümmerliche Palme in der rechten hinteren Ecke noch übrig, und die Figuren, die darin herumstehen, haben einander nichts mehr zu sagen. Sie sind blicklos stumm. Selbst Pastor Manders, der doch so eloquente Tugendhüter. Krumm erstarrt; ‹verfaulte Lebenskraft› (Georg Hensel)*. Ausgeliefert der Zeit, die die Standuhr abzählt, und einem unausweichlich tragischen Ende: Der mächtige schwarze Sessel im Vordergrund ist ja Munchs Todesmöbel.
Ich mag das Bild (mehr als die buntere Osloer Version des gleichen Motivs). Erstens, weil es so berührend Figuren zeigt: drei Menschen, denen es nicht mehr gelingt, so zu tun, als hätten sie alles im Griff. In einem Moment, der explosiv sein müsste, wären sie noch ‹sie selbst›. Zweitens weiss es damals schon, 1906, was dem Theater entgeht, wenn es sich an einem Text festklammert. Ibsens Figuren reden ja gern und viel; bei Munch haben sie gar keinen Mund, doch der mit Kümmerpalme, Uhr und Totensessel symbolisch aufgeladene Raum, in dem sie stehen, konfrontiert sie mit der ‹Lebenslüge›, von der Ibsen nur erzählt. Und drittens mag ich das Bild als Zeugnis einer Zeit, als skandinavische Künstler in Deutschland berühmt und willkommen waren. Ibsen, Strindberg, Munch und so weiter, die Wegbereiter eines radikalen Aufbruchs. ‹Vom Norden her kommt uns das Licht!›, hiess es. Auch wenn es dunkel leuchtet an der Schwelle zu einem grausamen Jahrhundert.»

Verena Stössinger ist Autorin, Kulturjournalistin und Expertin für skandinavische Literatur; sie arbeitet an der Uni Basel.

Edvard Munch (1863–1944)
Szene aus Ibsens Gespenster, 1906
Aquarell auf Leinwand, 61 × 99.5 cm
Kunstmuseum Basel, Ankauf 1931

*Georg Hensel, Spielplan, Stichwort ‹Ibsen: Gespenster›, Propyläen / Ullstein Verlag, Frankfurt a. M. / Berlin / Wien 1975, S. 613.

Gottfried Boehm

«Paul Klee liebte die kleinen Formate und gab ihnen eine eigene Kraft, ohne der heute verbreiteten Tendenz zu wandbeherrschenden Werken zu folgen. Seine Malerei wählte die Tonlage der Kammermusik, die Nähe der Menschen, bewohntes Ambiente. So auch das Gemälde ‹Alter Klang› (1925), das während der Bauhausjahre entstanden ist. Im Wettstreit mit Kandinsky und anderen fand Klee zu sich selbst und zu einer starken Gemeinsamkeit. Allen ging es darum, die Grundlagen bildnerischer Gestaltung zu erkunden und von dorther neu zu beginnen. Aus diesem Geist entstand auch ‹Alter Klang›.

Seine Einfachheit ist unübersehbar. Klee verzichtet völlig auf Figuren, Gesichter oder Geschichten und nimmt ein Quadrat von 38 Zentimetern Seitenlänge beim Wort, das wiederum in 160 verschiedenfarbige Quadrate unterteilt ist. Eine rationale Anordnung ohne ‹Inhalt›. Aber woher kommt ihre Magie?

Das Bild reizt die Fantasie nicht, sondern möchte so gesehen werden, wie man Musik hört: an die Klänge hingegeben. Was aber klingt da? Aus der Stille der Malerei? Das Gemälde hellt sich von den dunklen Rändern zur Mitte hin auf. Nicht schrittweise, sondern fliessend, sodass ein sonorer Dämmer nie weicht. Das liegt auch an den Farben des zweiten Registers, nämlich Violett, Ocker und Grün, die auf zarte Weise das kräftige erste Register, die hier völlig ausgesparten Rot, Blau und Gelb, sekundieren. Farbe ist für ihn materielle Energie, die sich zwischen piano und fortissimo stimmen lässt.

Die Stimmung besteht hier aus einer beherrschenden Spannung zwischen undurchdringlichem Dunkel und einer daraus aufsteigenden farbigen Ordnung, in welcher die Quadrate zur Erscheinung kommen. Wir sehen sie auf uns zukommen oder abtauchen. Und wir vollziehen ihren unerschöpflichen Rhythmus mit. Diese Beobachtung liefert auch den Schlüssel für die Betrachter. Wenn sie die subtilen Kontraste realisieren, dann nehmen sie an dem Ereignis, an jenem Klang teil, der das Bild ist. Sein Zauber ist alt, wie der Titel andeutet. Alt meint hier: milde, gelassen und erfahrungssatt. Welche Erfahrung? Diejenige, dass Bilder auf staunenswerte Weise sichtbar machen, unsere Augen öffnen können.»

Gottfried Boehm, em. Ordinarius für Kunstgeschichte an der Universität Basel, em. Direktor Eikones (Bildkritik. Macht und Bedeutung der Bilder), ist Mitglied der Nationalakademie Leopoldina, Halle.

Paul Klee (1879–1940)
Alter Klang, 1925
Öl auf Karton auf Rahmen genagelt, 38.3 × 38 cm
Kunstmuseum Basel, Vermächtnis Dr. h.c. Richard Doetsch-Benziger, Basel 1960

Tonino Castiglione

«Unter den vielen Meisterwerken, die im Kunstmuseum Basel ausgestellt und im Lauf der Zeit zu meinen Lieblingsbildern geworden sind, fällt es mir schwer, mich für eines zu entscheiden und die anderen auch nur für die kurze Zeit – während der ich diese Zeilen schreibe – quasi auf die Seite zu legen, schlimmer noch, sie ins zweite Glied zu rücken. Eine Anregung, die schwierige Wahl zu treffen, erhielt ich, als ich mich vor einiger Zeit auf ein bevorstehendes Konzert vorbereitete, bei dem ich mich entschlossen hatte, wieder einmal ein Lied von Fabrizio De André zu singen: ‹La canzone di Marinella›. Das Lied handelt von einer Prinzessin, die ihrem Traumprinzen begegnet und mit ihm die schönste Nacht ihres Lebens verbringt; bei der Heimkehr stürzt sie in einen Fluss und stirbt jämmerlich. Fabrizio De André gehört zu den wichtigsten Vertretern der italienischen Cantautore-Szene. Er besingt in seinen Liedern auch die Aussenseiter unserer Gesellschaft und verleiht ihnen so Würde und Respekt. De André dient die märchenhafte Erzählung dazu, die tragische Geschichte einer Prostituierten zu erzählen.
Wie De André beschäftigt sich Pablo Picasso ohne jegliche Berührungsängste in seinem Porträt ‹Die Absinthtrinkerin› aus dem Jahr 1901, das als Beginn der Blauen Periode bezeichnet wird, mit Menschen an den Rändern unserer Gesellschaft. Zunächst stimmt einen das Bild melancholisch; die Frau sitzt allein am Tisch, ihr Blick geht ins Leere und zeugt von Verwahrlosung. Doch dabei lässt es Picasso nicht bewenden, ihm gelingt mit seiner Kunst vielmehr ein kleines Wunder: Ich fühle mich bei genauerer Betrachtung dazu aufgefordert, der Frau Gesellschaft zu leisten, möchte mich zu ihr an den Tisch setzen. Damit befreit Picasso die Absinthtrinkerin aus ihrem unverschuldeten Elend und weist ihr einen würdevollen Ort in der Gesellschaft zu; der Kunst gelingt, was in der Wirklichkeit zu häufig versäumt wird.»

Tonino Castiglione ist Liedermacher, Historiker und Präsident der Società Dante Alighieri Basel.

Pablo Picasso (1881–1973)
Buveuse d'absinthe (verso Femme dans la loge), 1901
Öl auf Leinwand, 81 × 60 cm
Stiftung Im Obersteg, Depositum im Kunstmuseum Basel 2004

Hans Furer

«Vor 26 Jahren eröffnete ich an der Gerbergasse mein eigenes Anwaltsbüro. Seit 26 Jahren liegt auf dem Schreibtisch die offene Agenda, in der ich alle Termine, meine Bemühungen für die Klienten und andere wichtige Dinge, an die ich denken muss, eintrage. Am Morgen blättere ich die Agenda um. Jeder Tag ist gleich, aber auch anders, und am Ende des Jahres gibts eine neue Agenda, und alles beginnt von vorn.
On Kawara (1933–2014) hat seit 1966 bis zu seinem Tod seine berühmten ‹Date Paintings› gemalt. Es sind kleine Bilder mit dem Datum des Tages, der gerade ist. Beendete er am betreffenden Tag sein Bild nicht, wurde es zerstört. So ist seit 1966 bis an sein Lebensende eine Serie von über 2000 Bildern entstanden. Eine Serie, die die Gleichförmigkeit und Andersartigkeit darstellt. Gleichförmig, weil alle Bilder ähnlich sind, andersartig, weil kein Bild dem anderen gleicht! Natürlich hat er nicht an jedem Tag ein Date Painting gemalt, aber doch ein Räderwerk geschaffen, präzis wie eine Schweizer Uhr. Es ist ein philosophisches, aber auch existenzielles Werk. Denken wir über diese Serie nach, so geben das Jahr, der Monat, der Tag, die Jahreszeiten, die Stunden und Minuten dem Menschen Struktur, Orientierung und Halt. Sind wir Menschen nicht alle gleich (zwei Arme, zwei Beine, Kopf etc.), und doch sieht jeder anders aus – wie eben ein Date Painting?
On Kawara malte ausschliesslich solche Bilder – andere gibt es seit 1966 nicht. Und er hat zeitlebens an Freunde – dies eine weitere Facette seines Werks – Telegramme versandt, in denen stand: ‹I am still alive.› Als ich am 10. Juli 2014 gerade im Centre Pompidou-Metz war, erhielt ich eine SMS, On Kawara sei gestorben. Das hat mich betroffen gemacht und mir bestätigt, dass jeder Tag des Lebens ernst genommen und bewusst erlebt werden muss, ob es sich um einen ‹guten› oder ‹schlechten› Tag handelt. Die Date Paintings helfen uns, das Leben bewusster zu erleben. Das Kunstmuseum Basel besitzt mit neun Werken eine der grössten Sammlungen der Welt und die Emanuel Hoffmann-Stiftung zeigt zurzeit im Schaulager seine Arbeit ‹one million years›.»*

Hans Furer ist Rechtsanwalt, Kunstsammler und in verschiedenen Stiftungen tätig. U.a. ist er Kassier der Freunde des Kunstmuseums. Während 15 Jahren vertrat er zudem den Verband Schweizer Galerien (AGS).

On Kawara (1933–2014)
6 JUN. 68, 1968
Acryl auf Leinwand, 25.5×33 cm
Kunstmuseum Basel, Ankauf 2005

*Die Ausstellung ‹Future Present› im Schaulager, Münchenstein dauerte vom 13. Juni 2015 bis 31. Januar 2016.

6 JUN. 68

Andreas Bründler

«An einem Clyfford Still kann man auch locker vorbeigleiten. Er drängt sich einem nicht unmittelbar auf. Genügend Weissraum, der die Bildebene mit der Ausstellungsumgebung verbindet, in seiner Dimension eher schon Teil des Raumes, zurückhaltende Farbigkeit, kaum semiotische Hinweise. Es war wohl nicht Intention des Künstlers, sein Werk intensiv zu streuen, denkt man da. Und tatsächlich, Still arbeitete am liebsten in ferner Abgeschiedenheit in Colorado und versuchte seine Arbeiten bei sich zu halten wie der Hirt die Schafe.
Darum gibt es in der Welt leider auch nur wenige zu sehen. Doch wenn man nun diesen Still zu sehen bekommt, wenn man innehält, dann wird man sich der virtuosen Bildgewalt allmählich bewusst und die lässt einen nicht mehr los. Atmen, entspannt und tief atmen, und Ruhe kehrt ein. Das Bild in seiner eindrücklichen Dimension nimmt mich als Betrachter auf. Die Reduktion auf Schwarz und Weiss steigert den offenen Deutungsraum weiter.
Ich liebe die Grosszügigkeit der amerikanischen abstrakten Expressionisten. Aber im Gegensatz zum immensen Farbkosmos eines Barnett Newman beispielsweise, der auch etwas schmerzfrei wirken kann, kommt bei Still eine weitere, suggestive Tiefe zum Tragen: die immerwährende Bewegtheit im subtilen Annähern von Figur und Grund. Ein fast suchender Formverlauf und dann doch wieder Halt dank durchaus grosszügigem und bestimmtem Duktus.
Man folge der Abrisslinie. Aus virtuos pendelnder Unschärfe entsteht ein Vibrieren. Hier kann man sich in jeden Pinselstrich verlieren. Narrative Exotik eines Landschaftsmalers? Oder doch die reine Abstraktion im Makro- und Mikrokosmos? Anlässlich der berühmten Ausstellung von 1946 in Peggy Guggenheims Art of This Century Gallery kam von Robert Motherwell der Kommentar zu Still: ‹The most original. A bolt out of the blue. Most of us were still working through images ... Still had none.›
Ich bin sprachlos, versunken in kontemplativen Tiefen. Mit stoischer Ruhe und endloser Hingabe erzählt Still grosse Geschichten von einer freien Welt. Ein Glück, weiss man dieses Kunstwerk hier zu Hause.»

Andreas Bründler führt zusammen mit Daniel Buchner das Büro Buchner Bründler Architekten, Basel, und ist Mitglied der Kommission des Kunstvereins Basel.

Clyfford Still (1904–1980)
1957, D No. 2, 1957
Öl auf Baumwolle,
289 × 407.3 cm
Kunstmuseum Basel,
Schenkung der Schweizerischen National-Versicherungs-Gesellschaft anlässlich ihres 75. Jubiläums (1958) 1959

Bianca Pedrina

«Das tägliche Leben von Kunstwerken in ihrer natürlichen Umgebung ist das Sujet von Louise Lawlers Fotografien. Sei es während ihrer kurzen Lebzeit in öffentlichen Displays, arrangiert in den Domizilen von mehr oder (eher) minder geschmacksbegabten Sammlern, oder im ewigen Transit zwischen den Kunstlagern. Auch in der vorliegenden Arbeit, ‹Painting on Laufener Verputz›, steht das räumliche Gebinde von Kunst im Mittelpunkt.
Der Titel verrät es schon: Die Malerei ist hier nur ein Punkt in der Auflistung von verwendeten Materialien. Zwar liegt der Schärfebereich der Fotografie bei Gerhard Richters ‹Motorboot›, doch dieses ist abgeschnitten – weniger als die Hälfte davon ist noch zu sehen. Die hochkarätige Malerei wird somit zum Statisten, ganz entgegen jeder vernünftigen Idee einer Ausstellungsfotografie. Sie wird genauso behandelt wie alle anderen Bildelemente, die Wände, der Boden, der Durchgang. Alles ist nun Teil von Lawlers streng geometrischer Bildkomposition.
Wie ein Kameraschwenk mitten in einer fiktiven Gerhard-Richter-Doku: Die Kamera dreht vom Zentrum des Geschehens weg, hin zu einem nichtssagenden Ort, in dem sich ein Schnitt unbemerkt verstecken lässt ... Und zack! Genau da hält die Künstlerin inne, lässt kurz den Atem anhalten. Der unscharf gewordene Museumsraum steht übergross und stoisch am rechten Bildrand: Die materielle Realität des Fotofilms offenbart sich. Eine seltsame Überlagerung zweier Realitäten findet statt; die Körner des Verputzes und die Körnung des fotografischen Materials beginnen vor unseren Augen, einen sich gleichermassen anziehenden wie auch abstossenden Paartanz zu vollführen.
Doch das Auge wird unweigerlich zurück zum figurativen Element im Motiv, zum ‹Motorboot›, gelenkt. Und da ohrfeigt uns wieder die Lawler'sche Meta-Geste. Denn wir begegnen dort dieser spähenden Figur, die ihren Blick wieder herauswirft aus dem Bild, das sie gefangen hält. Hin zum Laufener Verputz, ihrem Verbündeten.»

Bianca Pedrina ist Künstlerin und lebt und arbeitet in Wien und Basel.

Louise Lawler (*1947)
Painting on Laufener Verputz
[Painting on Plaster from Laufen], 2003/2004
Cibachrome Ed. 1/10,
38.1 × 30.5 cm
Kunstmuseum Basel,
Ankauf 2004

Jörg-Andreas Bötticher

«Das Postauto fährt in engen Serpentinen hinauf zum Lauenensee. Unterwegs lässt es sein Horn erschallen, zur grossen Freude der Kinder. Wir machen uns auf den Weg zum Geltenschuss und steigen den schmalen Waldweg am Bach entlang hoch bis zur Alp ‹Undere Feisseberg›. Eine kühle Luft bläst uns entgegen, die Landschaft wird immer wilder und bedrohlich tost das Wasser in der Ferne. Oder bin ich nur die Treppen im Kunstmuseum hochgestiegen?
Ich stelle mir vor, dass der Maler 1777 folgenden Eintrag in sein Tagebuch geschrieben haben könnte: ‹Gigantische Felsblöcke versperren mir die Sicht auf den Horizont. Ich lehne meinen Kopf weit nach hinten und vergewissere mich eines Stückchens blauen Himmels, doch sofort bin ich von Urgewalten überwältigt. Aus dem Nichts stürzen Wassermassen die steile Felswand hinunter ins Leere, sie rauschen, zischen, poltern und brechen sich in einem riesigen Felsenbecken in gleissender Gischt. Ich kann mich nicht sattsehen an diesem Spektakel. Das Gletscherwasser verspritzt sich im Sonnenlicht in tausend farbigen Tropfen und verschwindet zwischen Felsen, die kürzlich noch mit Schnee bedeckt waren. Weiter unten fällt das Wasser noch mal schäumend über eine kleine Felsstufe, doch seine Kraft wirkt gezähmt. An wenigen Felsenstellen zaubert die frühe Sommersonne einen zaghaften hellgrünen Flaum hervor. Ganz in meiner Nähe plätschert der eben noch so gewaltige Geltenbach schon fast beschaulich und lädt mich zu einer Rast ein. Auf der anderen Seite entdecke ich vier Menschen, die ebenfalls durch dieses Naturschauspiel in den Bann gezogen sind. Sie scheinen zu überlegen, wie sie näher an den Wasserfall gelangen könnten. Wäre es möglich, rechts auf dem Geröllfeld durch schmutzigen Altschnee hochzuklettern und bei der verwitterten Tanne auf den Wasserkessel zu schauen? Ein heftiger Windstoss kommt, und mich schauert: Der Geltenschuss fängt plötzlich an zu brüllen und reisst grosse Felsbrocken mit sich. Ich schaue zum Himmel: Sind nicht die Wolken dunkler geworden? Hat sich dieser grosse Stein nicht eben bewegt? Und schiesst dort oben rechts jetzt nicht noch ein weiterer Wasserfall wie ein Blitz aus dem Felsen hervor? Wo könnte ich hier Schutz finden? Wer bin ich überhaupt, dass ich mich in diese menschenfeindliche Landschaft getraut habe?
Und doch möchte ich diesen erhabenen Moment festhalten. Die Zeit reicht gerade noch, ich werde die Szene skizzieren und zu Hause in meinem Atelier farbig malen.›»

Jörg-Andreas Bötticher ist Cembalist, Organist und Professor an der Schola Cantorum Basiliensis.

Caspar Wolf (1735–1783)
Der Geltenschuss im Lauenental im Sommer, 1777
Öl auf Leinwand, 82.1 × 54 cm
Kunstmuseum Basel, Depositum des Freiwilligen Museumsvereins 1978

Martina Wohlthat

«Die stille Welt der Dinge gehört für mich zum Schönsten. Die Stillleben alter Meister kamen 2008 in der Ausstellung ‹Die Magie der Dinge› im Kunstmuseum Basel gross heraus, der Maler Sebastian Stoskopff war für mich dabei. Sein ‹Vanitas-Stillleben› verweist auf die Flüchtigkeit irdischen Vergnügens – Lesen, Musizieren, Würfelspiel – und auf das Vergehen der Zeit. Die kleine Tischuhr ragt über die vordere Tischkante hinaus – absturzgefährdet, an der Rückwand hängt ein zerrissener Almanach des Jahres 1630. Damals herrschten in Europa der Dreissigjährige Krieg und die Pest. Die Kerze im Leuchter ist kurz vor dem Erlöschen, die Würfel sind gefallen, der auf einen Nagel aufgespiesste Almanach hat schon bessere Zeiten gesehen. Zwei Bücher, ein aufgeblättertes Notenheft, darauf der Totenschädel, der die ihm verbliebenen Zähne in die Notenblätter schlägt – der sprichwörtliche Zahn der Zeit ist hier ganz realistisch abgebildet.
Das alles taucht Stoskopff in ein fast irreales, klares Licht. Die leicht gewellten Buchseiten des unteren Folianten sind mit hellen Pinselstrichen angedeutet, die Glanzlichter auf den metallenen Oberflächen schimmern brillant, aber auch etwas gleichgültig. Der Gleichmut der Dinge gefällt mir. Die Bänder zum Verschliessen des Buches kringeln sich nachlässig. Aber nun werden andere Seiten aufgeschlagen – das Notenheft ist mit solcher Präzision gemalt, dass die Musikwissenschaft es als die Oberstimme eines Liedes des Komponisten Orlando di Lasso identifiziert hat. Abgebildet ist der Beginn von Lassos Chanson ‹Un bien petit de pres me venez prendre› auf einen Text des Dichters Clément Marot. Das ‹U› wurde damals häufig in Form eines ‹V› gedruckt, die Initiale ‹V› steht für Vanitas. Im Text geht es um einen Schuldner, der seinen Gläubiger um Aufschub bittet. Aufschub, den wünsche ich mir natürlich auch, um noch länger in den Noten und Büchern zu lesen.»

Martina Wohlthat ist Musikwissenschaftlerin, Kritikerin und wissenschaftliche Mitarbeiterin für alte Drucke und Rara in der Bibliothek der Musik-Akademie Basel.

Sebastian Stoskopff
(1597–1657)
Vanitas-Stillleben mit Totenkopf, 1630
Öl auf Leinwand, 50.3 × 59.7 cm
Kunstmuseum Basel, Ankauf 1993

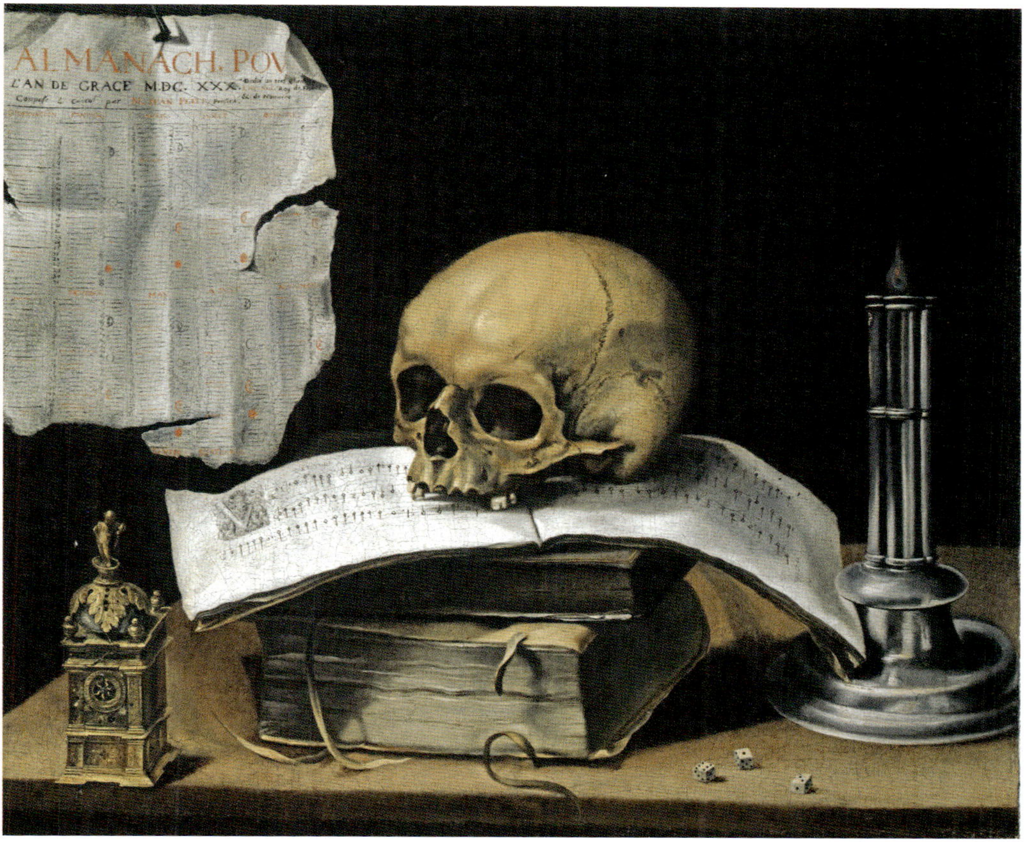
ALMANACH. POV
L'AN DE GRACE M.DC. XXX.

Christine Wirz-von Planta

«Welches Bild mir am besten gefällt im Kunstmuseum Basel – eine Qual der Wahl! Hätte man mir diese Frage als 10-Jähriger gestellt, hätte ich, ohne zu zögern, ‹Die Pest› von Böcklin gewählt. Das unheimliche, düstere Bild hat mich als Kind erschaudern lassen und fasziniert. Fünf Jahre später hätte ich, ebenfalls ohne zu zögern, sämtliche Bilder von Paul Klee genannt, weil sie meine Fantasie angeregt haben. Die Impressionisten, vorab Alfred Sisley, gehören noch heute zu meinen Favoriten. Bei William Turner, einem Meister des Lichts, gerate ich ins Schwärmen, bei Max Bill bewundere ich die klaren Formen, bei Alberto Giacometti den Strich, bei Hodler die Wucht, bei Segantini die Stimmung und Ruhe, die er zu vermitteln vermag. Zum Stichwort vermitteln: Für mich ist nicht der monetäre Wert einer Zeichnung, eines Gemäldes ausschlaggebend, sondern die Assoziationen, die geweckt werden.
Schliesslich habe ich mich für ‹Arlequin et Colombine› von Pablo Picasso entschieden. Die Leichtigkeit und Fertigkeit, mit wenigen Federstrichen zwei Figuren spielerisch auf Papier zu zaubern, ist bestechend. Arlequin umschwärmt seine Colombine, und man spürt förmlich, wie es knistert; seine Haltung ist von besonderer Eleganz. Diese schöne Federzeichnung von Picasso ist eines von vielen Zeugnissen seines grossen zeichnerischen Talents und Könnens.
Sie ist jedoch viel mehr als eine Zeichnung, denn unweigerlich weckt sie Erinnerungen an die Commedia dell'Arte und letztlich auch an die Basler Fasnacht. Bei Basel angelangt, bleibt die grossartige und einzigartige Sammlung von 2.4 Millionen Franken* für den Verbleib von Picassos Gemälden ‹Les deux frères› und ‹Arlequin assis› in Basel von 1967 unvergesslich haften.»

Christine Wirz-von Planta ist Bürgergemeinderätin, Präsidentin der Stiftung pro REHAB Basel und Präsidentin der Plakatfreunde Basel.

Pablo Picasso (1881–1973)
Arlequin et Colombine, 1905
Feder mit brauner Tinte
auf kariertem Papier,
auf Unterlage aufgezogen,
30 × 28.2 cm
Kunstmuseum Basel,
Kupferstichkabinett,
Legat aus dem Nachlass
Dr. Gotthelf Kuhn 1975

*Sechs Millionen Franken der geforderten 8.4 Millionen Franken zahlte die Basler Regierung aus der Staatskasse, 2.4 Millionen Franken wurden durch Private aufgebracht.

Thomas Ritz

«Es gibt Bilder, die einem nicht aus dem Kopf gehen. ‹Jockey blessé›, von Edgar Degas in den Jahren 1896/98 gemalt, ist eines davon. Als ich das Bild als Jugendlicher das erste Mal im Basler Kunstmuseum sah, überraschte mich seine formale Einfachheit. Bei näherer Betrachtung erhob sich plötzlich sein mächtiges, mit gelbem Ocker untermaltes Grün, das sich weit in den Himmel vorschob. Darüber ein Pferd mit gestreckten Hufen und darunter eine leuchtende Figur in Gelb und Weiss. Was ging hier vor? Versuche ich, mir das Geschehen zu vergegenwärtigen, kann der Reiter nicht von diesem Pferd gestürzt sein. Tatsächlich malte Degas von zwei verunglückten Jockeys nur einen. Im festgehaltenen Augenblick der Bildszene liegt dieser am Boden und wird vom herrenlosen Pferd des vor ihm gestürzten Mitstreiters überholt, während sein eigenes Pferd ihn schon längst hinter sich gelassen hat. Diese Geschichte mag einiges klären. Aber Degas zeigt hier nur eine bestimmte Sequenz des Geschehens. Sie entwickelt sich zu einer traumatischen Metapher für eine verlorene Gegenwart zwischen Vergangenheit und Zukunft. Das angestrebte Dream-Team von Reiter und Pferd ist gescheitert, die Verschmelzung von Mensch und Tier als unbesiegbare Einheit endet im Desaster. Zurück bleiben die bruchstückhaften Momente des Pferdes und des Jockeys, gebannt auf einem abfallenden schattigen Hügel, fernab des Publikums. Nur für den Betrachter bestimmt, überspringt das Pferd mit seinem flüchtigen Blick den Gestürzten, liegt der Reiter einfach nur da, aufgesogen vom Gras, vielleicht leblos und mit leerem Blick zum Himmel. Es ist genau das, was mich an diesem Bild nicht loslässt und für meine eigene Arbeit von Bedeutung ist: die Erfahrung des Malers von sichtbarer Wirklichkeit und die an sich ambivalente Sichtbarkeit des Bildes als poetische Differenz.
Degas' Bild ‹Jockey blessé› zeigt die Gleichzeitigkeit zweier Verluste, die des Reiters und die des Pferdes. Hier wird das Bild zur Metapher einer Verletzung. In ihm bricht sich das Sichtbargemachte mit dem Vorstellbaren als reine Poesie.»

Thomas Ritz (*1966) ist Maler und lebt und arbeitet in Basel. Seit 1987 regelmässige Gruppen- und Einzelausstellungen im In- und Ausland.

Edgar Degas (1834–1917)
Jockey blessé, um 1896/1898
Öl auf Leinwand, 180.6 × 150.9 cm
Kunstmuseum Basel, mit einem Sonderkredit der Basler Regierung erworben 1963

Lukas Richterich

«Wie für viele Menschen ist das Kunstmuseum Basel nicht irgendein Museum, sondern meine künstlerische Heimat. Die Sammlung lehrt mich, Kunst zu sehen, sie ist der Ort meiner künstlerischen Bildung, sie bildet den Referenzrahmen.
Ich empfinde es als ein unglaubliches Privileg, mit dieser Sammlung – eine der besten der Welt – aufwachsen zu können und sie lebenslang besuchen zu dürfen. Ich greife daraus das Werk ‹The Command› (Das Gebot) von Barnett Newman heraus. Es vermittelt Ruhe und Einfachheit, aber auch Spannung zwischen Chaos, Ordnung und Struktur. Ein Bild von grosser Kraft und Schönheit, das für mich die Pole von Natur und Kultur thematisiert. Es erinnert mich an das imaginierte Amerika meiner jugendlichen Sehnsucht: unbegrenzt, wild und gefährlich, aber auch schön, aufregend und kreativ. Amerika war im Aufbruch nach dem Krieg, die Zukunft war verheissungsvoll.
Das Werk ist heute noch voller Kraft. Wie jedes gute Kunstwerk ist es auf geheimnisvolle Art sowohl mit seiner Entstehungszeit verbunden als auch zeitlos von höchster Gegenwart. Gute Kunst schafft diese Präsenz. Ich erinnere mich an Franz Meyer, den langjährigen Direktor des Kunstmuseums. Er hielt faszinierende Vorlesungen über die amerikanische Nachkriegskunst, die ihm besonders am Herzen lag. ‹The Command› steht als Bild nicht isoliert vor meinen Augen: Wenn ich es sehe oder daran denke, denke ich an weitere Werke in der Sammlung. Die Sammlung prägt meine Sicht auf das einzelne Bild mit. So gesehen freue ich mich sehr auf die nächste Begegnung mit ‹The Command› – und auf das – neue – Kunstmuseum Basel.»

Lukas Richterich, Dr. phil., ist eidgenössisch anerkannter Psychotherapeut und Verwaltungsratspräsident der Ricola Familienholding.

Barnett Newman (1905–1970)
The Command, 1946
Öl auf Leinwand, 122 × 90.5 cm
Kunstmuseum Basel,
Geschenk von Mrs. Annalee Newman zu Ehren von Arnold Rüdlinger und Dr. Franz Meyer 1988

Barnett Newman 1946

Meinrad Morger

«Ich habe das Werk ‹An der Tränke› von Giovanni Segantini von 1888, vor dem ich kurz nach meinem Umzug nach Basel 1980 zum ersten Mal im Kunstmuseum Basel stand, ausgewählt, weil die im Bild dargestellte Landschaft Surses zu meiner zweiten Heimat zählt.
Unsere in der Stadt St. Gallen wohnhafte Familie verbrachte ab den 1950er-Jahren während meiner ganzen Jugendzeit sämtliche Schulferien in Salouf bei Savognin. Jeder Pinselstrich im Bild ist mir heute noch tief vertraut: die Bergspitzen, die Alpen, die Weiden, die Dörfer, die Häuser, die Menschen, die Tiere, das Licht und der Himmel. Die Aussage des Gemäldes wird überlagert von meinen eigenen intensiven Erinnerungen. Erinnerungen, die sich im Verlauf der Zeit durch die immer neuen Erlebnisse anreicherten und das Bild wie bei einem Palimpsest überdeckten.
Eine weitere für mich ebenso eindrückliche und wiederum ganz persönliche Erkenntnis, die dem Werk eine neue Dimension, eine neue Schicht gab, war die Begegnung mit der Kunst von Ernst Ludwig Kirchner anlässlich der Museums-Eröffnung von 1992 in Davos. Beide grossen Künstler malten Bauern bei der Arbeit und visionäre Landschaften, die den überwältigenden Eindruck der Alpenlandschaft zu fassen vermögen.
Während Giovanni Segantini für seine symbolistische Bildidee die offene Westflanke des Oberhalbsteins (Piz Toissa, Piz Curver) in die Horizontale ausdehnt, zieht Ernst Ludwig Kirchner etwa 30 Jahre später sozusagen hinter seinem Rücken die Ostflanke mit den markanten Bergen (Piz Ela, Tinzenhorn) von Davos aus betrachtet expressiv in die Vertikale. Die durch die Künstler unterschiedlich manipulierte Morphologie der Landschaft wird mitunter zum wichtigen inhaltlich tragenden Bildmotiv. Das Kunstwerk ‹An der Tränke› von Giovanni Segantini ist bei mir bei jeder erneuten Begegnung durch die enge, immerwährende und innige Beziehung zum landschaftlichen, gesellschaftlichen und kulturellen Bild-Kontext einer andauernden, bereichernden und verändernden Interpretation unterworfen. Es ist für mich auf geheimnisvolle Art von datierbarer Zeitlosigkeit.»

Meinrad Morger ist Architekt in Basel.

Giovanni Segantini (1858–1899)
An der Tränke
(Kühe im Joch), 1888
Öl auf Leinwand, 84.1 × 141.2 cm
Kunstmuseum Basel,
Depositum der Gottfried
Keller-Stiftung 1904

Suzanne Schweizer

«Nein, nicht wieder Paul Klee. Es gibt so wunderbare Werke in dieser Basler Kunstmuseum-Sammlung: Da ist Oskar Schlemmer und sein Bild ‹Frauentreppe›, das unergründliche ‹Concetto spaziale, Attese› von Lucio Fontana, das ich nie zuvor bemerkt hatte – und so viele weitere.
Ich hab mich bemüht, nicht wieder bei Klee zu landen, wirklich! Doch dieser grosse Individualist unter den Künstlern des vergangenen Jahrhunderts, dieser Vielschaffer, dieser ‹Meister des Universalismus› beschleunigt meinen Puls.
Erinnern kann ich mich nicht, wann, wie und wo mir Klees Werk erstmals begegnet ist, mich zuerst beeindruckt hat. Es waren Aquarelle von der Tunisreise, zum Beispiel das ‹Motiv aus Hammamet›, das mich als Jugendliche mit der Kraft seiner dunklen Sonne in den Bann gezogen hat.
Als Nächstes – und das brachte ich vorerst nicht mit Klee in Verbindung – begegnete mir der skurrile Sarkasmus in der Stempelzeichnung ‹Was fehlt ihm?› oder die Radierung ‹Zwei Männer, einander in höherer Stellung vermutend, begegnen sich›. Alles finde ich bei Paul Klee; von der ironisch-bizarren Heiterkeit über die Verschmelzung von Abstraktion bis hin zur Figürlichkeit.
Und hier nun im Museum in Basel sein ‹Ad marginem› von 1930, das Aquarell auf Lackgrundierung, wo sich ein fantastisches Gewirr aus imaginierter grüner Flora und Fauna schlängelt, Tier- und Pflanzenwelt. In der Bildmitte ein roter Kreis mit Strahlkraft. Das ganze Bild scheint nach oben zu streben – und wirkt doch tief verwurzelt, zugleich transzendent und doch mit irdischer Bodenhaftung. Und irgendwie auch musikalisch.
Das ist Klees Magie: Bei ihm scheint alles miteinander verbunden, die gesamte Welt ist erfasst, seine Bildsprache handelt alle Aspekte ab, die das menschliche Leben definieren, das spirituelle sowie das erdverbundene.
Bei meinem ersten Besuch im neu eröffneten Klee-Museum in Bern lagen unter all den Klee-Werken Dutzende von Kindern auf dem Bauch, malend und zeichnend, umgeben von Buntstiften und Farbtöpfchen. ‹Ich und die Farbe sind eins.› Dieser Klee-Ausspruch war hier in den heiligen Museums-Hallen allgegenwärtig; ein Ort der puren Sinnenfreude. ‹Kunst gibt nicht das Sichtbare wieder, sondern macht sichtbar.› Vielleicht ist es dies; Klees Bilder tun meiner Seele gut, sie öffnen mir Augen und Herz.»

Suzanne Schweizer ist Co-Geschäftsführerin von kult.kino ag.

Paul Klee (1879–1940)
Ad marginem, 1930, 210 (E 10)/ 1935–1936 (überarbeitet)
Wasserfarbe und Feder auf Lackgrundierung auf Karton auf Keilrahmen genagelt, rückseitig weisse Grundierung mit Farbspuren, Keilrahmen mit Gaze überzogen, 43.5 × 33 cm
Kunstmuseum Basel, Vermächtnis Dr. h.c. Richard Doetsch-Benziger, Basel 1960

v
l
r
u

Burkard von Roda

«Die aquarellierte Federzeichnung präsentiert ein luxuriöses Trinkgefäss in Silber, Rot und Gold. Es ist anzunehmen, dass sie als Grundlage für einen Auftrag und als Musterblatt im Atelier eines Goldschmieds diente. Die Ausführung dazu kennen wir allerdings nicht. Der Zeichner unterscheidet die tragenden und als Fond in Silber belassenen Teile von der Zier der Granatäpfel, die ebenfalls in Silber getrieben, jedoch vergoldet und mit rotem Glasfluss emailliert sind. Diese sind als Zweige mit einem Ring unten an der Kuppa fixiert und wachsen mit ihrem Ast- und Blattwerk empor. Ein gewappneter Amorknabe, ein Hinweis auf die profane Widmung des kostbaren Geräts, bekrönt den Deckel und gibt dem spätgotisch-naturalistisch geprägten Design einen modischen Touch im Geschmack der Renaissance.

Die Zeichnung dieses Deckelpokals liegt im Kupferstichkabinett des Kunstmuseums Basel, sie wird dem in Augsburg gebürtigen und 1508 in Basel eingebürgerten Goldschmied Jörg Schweiger zugeschrieben. Die Wahl habe ich getroffen, um die Aufmerksamkeit auf den überragenden Bestand der lichtempfindlichen Werke auf Papier zu lenken, die selten gezeigt werden. Auch setze ich mit diesem in der Zeit von Albrecht Dürer entstandenen Beispiel einen Kontrapunkt zu den meistenteils jüngeren Werken, die in dieser Serie vorgestellt werden. Schliesslich thematisiere ich damit auch das Kunsthandwerk der Goldschmiede, für das die Stadt Basel über Jahrhunderte ein bedeutendes Zentrum war, wie dies auch die aktuelle Ausstellung des Historischen Museums Basel* zeigt.

Unser Beispiel steht zudem in jenem prominenten Zusammenhang, den die Geschichte des Amerbach-Kabinetts überliefert: Der Jurist Basilius Amerbach kaufte 1576/1578 ganze Werkstattnachlässe auf, die infolge der Pest herrenlos geworden waren, um sie seiner Sammlung einzuverleiben. Insgesamt 4103 Werkzeuge, Zeichnungen und anderes Arbeitsmaterial hat Amerbach aufgelistet. Als europäisch einmaliger Bestand hat sich ein grosser Teil davon – dank der späteren Erwerbung des Kabinetts durch die Stadt – erhalten, ebenso zahlreiche Goldschmiedemodelle aus Silber und Blei aus der Entstehungszeit der Zeichnung. Diese sind im Untergeschoss der Barfüsserkirche, Museum für Geschichte, ständig ausgestellt.»

Burkard von Roda ist Kunsthistoriker und war von 1992 bis 2012 Direktor des Historischen Museums Basel.

Deckelpokal mit Granatapfelmuster, um 1510/20
Feder (schwarz), aquarelliert
Blatt 42.5 × 28.8 cm
Kunstmuseum Basel, Kupferstichkabinett, Amerbach-Kabinett

*Die Ausstellung ‹Silber & Gold› im Historischen Museum Basel, Haus zum Kirschgarten, dauerte vom 27. November 2015 bis 3. April 2016.

Martin Hug

«Ein Lieblingswerk im Kunstmuseum? Schwerlich; die Auswahl ist zu reich. Warum ich gerade über das ausgewählte Bild schreibe, hat aber seinen Grund. Am Ende meiner Kindheit, es war bei einem sonntäglichen Familienbesuch im Museum, habe ich das Bild Stoecklins zum ersten Mal gesehen. Ohne noch zu begreifen warum, war ich schaudernd berührt. Stoecklin war mir mit Stadtansichten aus späteren Jahren in unserem Esszimmer vertraut. Wie anders war der ‹Hartmannsweilerkopf›! Das Grauen des Krieges, wie es Stoecklin darstellt, erschloss sich mir erst später. Er malt keine blutigen Opfer, verzichtet fast gänzlich auf den Einsatz von Farbe und lässt so das Leblose umso stärker wirken. Irritierend dabei ist, dass die einzige warme Farbe, Nussbraun, der detonierten Granate im Trichter im Vordergrund und dem Blindgänger rechts vorbehalten ist. Kreuz, Baumleichen, Gasmaskenschlauch und selbst die Kleider des Mannes im Hintergrund sind Abstufungen von Grau. Rätselhaft-beunruhigend ist jedes einzelne Motiv: Der Wanderer hinterlässt keine Spur im Schnee, der (unverschneite!) Blindgänger zielt auf ihn, die Äste der Bäume wirken abgesägt. Der die Landschaft bedeckende Schnee, sonst Inbild und Metapher für Reinheit und Unberührtheit, ist hier das Leichentuch für Tausende, ein notdürftiger letzter Schutz für die unfreiwilligen ‹Helden› der Schlachten des Ersten Weltkrieges. Die Eindringlichkeit der Darstellung wird verstärkt durch die mittige Anordnung des Granattrichters und die ebenfalls mittig angeordnete, symmetrische Silhouette des Hartmannsweilerkopfs. Der Betrachter befindet sich erhöht und sieht doch nur das, was er lieber nicht sähe. Befindet sich unter der Nebeldecke im Hintergrund, in der Rheinebene, erträglich Alltägliches? Vor Kurzem, eher zufällig vorbeikommend, besuchte ich auf dem Vieil Armand, wie der Ort auf Französisch heisst, die dortige Gedenkstätte. Nach Kriegsende und fast gleichzeitig mit Stoecklins Bild von 1919 entstanden, soll die Gedenkstätte zu den meistbesuchten Touristenattraktionen (sic!) des Elsass gehören. In ihrer pompösen Wucht wirkt sie fast als eine Fortsetzung der Schlacht mit architektonischen Mitteln. Wie viel eindrücklicher und zugleich demütiger wirkt Stoecklins Mahnmal in seiner surrealistisch wirkenden Reduktion.»

Martin Hug ist Advokat und Notar in Basel und Meister E.E. Akademischen Zunft von 2004 bis 2016.

Niklaus Stoecklin (1896–1982)
Der Hartmannsweilerkopf, 1919
Öl auf Leinwand, 51.5 × 60 cm
Kunstmuseum Basel, Ankauf mit Mitteln des Birmann-Fonds 1940

Christian Fluri

«Richard Serras ‹Intersection›, die vier zur offenen Ellipse gebogenen, 3,7 Meter hohen und 80 Tonnen schweren und rostigen Stahlplatten, gehören dem Kunstmuseum Basel. Das wissen viele nicht. Die in der Öffentlichkeit umstrittene begehbare Monumentalskulptur wurde dem Kanton Basel-Stadt zuhanden des Kunstmuseums im Jahr 1994 von 272 Bürgern geschenkt. Seit 1992, seit der Ausstellung ‹transForm. BildObjektSkulptur im 20. Jahrhundert›, die das Kunstmuseum und die Kunsthalle inszenierten, thront die Skulptur als theatralischer Akt auf dem Terrassenplatz vor dem Theater Basel – genau am richtigen Ort. Serras Skulptur ist sperrig und formvollendet in einem. Sie fasziniert die, die ihren Geschichten und Tönen zuhören, sie stösst jene ab, die nicht zuhören. Unter all den Lieblingswerken, die ich im Kunstmuseum habe, wähle ich ‹Intersection›, weil die Skulptur mich bei jedem Gang ins Theater begleitet. Sie ist mir sinnträchtiger Prolog vor einer Aufführung und der Epilog danach.
Die vier Stahlplatten erheben sich, als wären sie aus der Hölle durch den Boden gestossen oder als wären sie vom Himmel gestürzt und hätten sich in den Betonboden verkeilt. Sie sind schwer und erscheinen zugleich leicht, wie uns die eindrückliche Zeichnung aus dem Kupferstichkabinett verdeutlicht. Es ist diese Verbindung zwischen Hölle, Erde und Himmel, die ‹Intersection› (Verzweigung, Kreuzung) evoziert. Der Rost macht die Skulptur gegenwärtig und urtümlich zugleich. ‹Intersection› nimmt uns als Passanten in sich auf, verwandelt uns und erinnert uns an die laufende Zeit, an die jahrhundertealte Geschichte, deren Produkt wir sind und in der wir uns bewegen.
Die historische Dimension von ‹Intersection› erkannte der 2002 verstorbene Opernregisseur und Bühnenbildner Herbert Wernicke, dieser Magiker des Musiktheaters. Er hievte die Skulptur auf die Bühne des Theaters, liess sie 1999 nachbauen – auf fahrbaren Gestellen. Mit ihr gestaltete er den Bühnenraum für sein Stück ‹Wie liegt die Stadt so wüste, die voll Volkes war› nach sakralen Gesängen von Heinrich Schütz und Matthias Weckmann.
Schütz und Weckmann verarbeiteten in ihrer Musik das Leiden und Grauen des Dreissigjährigen Krieges. Wernicke spannte den Bogen zum Kriegselend im 20. Jahrhundert. ‹Intersection› war ihm inhaltstragender Bühnenraum. Er ordnete die vier Platten zu immer neuen stimmigen wie verblüffenden Raumkonstellationen. So verdeutlichte er einen tiefen Gehalt der Skulptur. Sie mahnt als verstörendes, ruinenhaftes Gebilde, das sie neben vielem andern auch ist.

Christian Fluri, lic. phil. I, war bis Ende 2015 Kulturredaktor bei der ‹bz Basel›, er schreibt über Musik, Oper, bildende Kunst und Kulturpolitik.

Richard Serra (*1939)
Intersection, 1992
Cor-Ten-Stahl; 4 Elemente, 370 × 1300 × 5.5 cm (je Element)
Kunstmuseum Basel, Geschenk von 272 Bürgerinnen und Bürgern an den Kanton Basel-Stadt zuhanden des Kunstmuseums Basel 1994

Richard Serra (*1939)
Intersection, 1994
Lithographie, Blatt 75.1 × 95.4 cm
Kunstmuseum Basel, Kupferstichkabinett, Schenkung aus dem Nachlass von Vera und Jakob Oeri 2009

Matthias Zehnder

«Nach vielen Ortswechseln – Basel, Rom, Weimar und München, Florenz und Zürich – hat sich Arnold Böcklin wieder in Italien niedergelassen. In San Terenzo erholt er sich von einer schweren Krankheit. Die Rede ist von einem Schlaganfall, vielleicht handelt es sich aber auch um eine akute Kreislaufstörung, verursacht durch übermässiges Rauchen und Trinken. Hier, am Golf von La Spezia, malt er im Auftrag der Basler Kunstkommission für die Öffentliche Kunstsammlung Basel sein letztes Selbstporträt. Böcklin ist 66 Jahre alt. Er malt sich im Bewusstsein, dass die Basler Kunstwelt sein Bild anschauen wird, dass die Basler im Kunstmuseum vor diesem seinem Bild stehen werden. Böcklin präsentiert sich auf dem Bild also so, wie er in seiner Heimatstadt gesehen werden will: als erfolgreicher Grandseigneur der Kunst, der es nicht mehr nötig hat, seiner Heimatstadt zu gefallen, weil er längst in der ganzen Welt erfolgreich ist.
Bei den Baslern kommt die lässige Haltung nicht gut an. Man kritisiert den unschicklichen Anzug des Malers, die karierte Sommerhose, das zerknautscht eingesteckte Tüchlein. Mit anderen Worten: Böcklins Botschaft wird in Basel verstanden. Arnold Böcklin (1827–1901) hatte es nicht einfach in seiner Heimatstadt. Lange war seine Malerei den Baslern zu bunt, zu gegenständlich und gleichzeitig zu fantastisch. Erst als er 1859 in München mit ‹Pan im Schilf› grosse Anerkennung fand, versöhnte sich auch Basel langsam mit ihm. 1862 erteilt ihm die Kunstkommission den ersten grossen Auftrag zu ‹Jagd der Diana› – allerdings erst, nachdem die Herren sich anhand von Skizzen von der ‹Tauglichkeit› des Bildes überzeugt hatten.
Auf dem Selbstporträt von 1893 schaut Böcklin stolz in Richtung des Betrachters, er schaut ihn aber nicht an. Der Maler hat sich diesem Publikum zugewendet, als sehe er sich nach einer Störung um. Sein Blick schaut in eine Ferne, er schweift über die Köpfe des vorgestellten Publikums hinweg. Auf der Staffelei steht ein angefangenes Bild, darauf sind die Umrisse eines Selbstporträts im Profil zu sehen. Böcklin malt sich also beim Malen eines Selbstporträts.
Das Bild von Arnold Böcklin spricht mich an, weil sich daraus viel über seine komplizierte Beziehung zur Stadt Basel herauslesen lässt. Es ist ein Bild, das in sich viele Perspektiven beinhaltet: den Blick von uns, den Betrachtern, auf das Bild, den Blick des abgebildeten Malers auf sein vorgestelltes Publikum, sein Blick auf sich selbst auf der Staffelei. Es ist ein Bild, das vor Augen führt, dass es die Wirklichkeit nicht gibt, dass es Wirklichkeit immer nur aus einer bestimmten Perspektive gibt. Es ist ein Bild, das Basel enthält, ohne es abzubilden.»

Matthias Zehnder ist Publizist und Medienwissenschaftler. Bis Ende 2015 war er Chefredaktor der ‹bz Basel›. Er hatte die Idee zur Serie ‹Mein Lieblingswerk aus dem Kunstmuseum Basel›.

Arnold Böcklin (1827–1901)
Selbstbildnis im Atelier, 1893
Tempera (?) auf Leinwand, 120 × 80.8 cm
Kunstmuseum Basel – Ankauf mit Mitteln des Birmann-Fonds 1893

ARNOLD BŒCKLIN
1893

Maja Oeri

«Mein Lieblingswerk aus dem Kunstmuseum? Die Frage ist unmöglich zu beantworten. Die Sammlung ist derart reich an Meisterwerken, durch acht Jahrhunderte hindurch folgt ein ‹Lieblingswerk› dem anderen. Es gibt aber ein Werk, das besonders gut zu Weihnachten passt und das für mich eine bedeutende Rolle spielt, seit ich es als Teenager im Kunstmuseum zum ersten Mal gesehen habe: Joseph Beuys' Skulptur ‹Schneefall›.
Meine Grossmutter Maja Sacher war bereits 73, als sie durch Dieter Koepplin (der 1969 im Kunstmuseum eine erste Beuys-Ausstellung realisierte) mit dem Werk des deutschen Künstlers in Berührung kam. Sie war tief beeindruckt und erwarb für die Emanuel Hoffmann-Stiftung zunächst die ‹Plastischen Bilder› und ein Jahr später den ‹Schneefall›.
Über den ‹Schneefall› ist seither viel Kluges geschrieben worden – unter anderem hat Dieter Koepplin ihm den dritten Band seiner Buchreihe über die Basler Beuys-Werke gewidmet. Die Skulptur wirkt aber auch ganz direkt, ohne dass der Betrachter einen kunsthistorischen Rucksack tragen müsste.
Es heisst, dass die Fichtenstämmchen, die ‹nackt und bloss› auf dem Boden liegen, Überreste von Christbäumen der Familie Beuys seien. Zusammengehalten, beschützt und gewärmt werden sie von den 32 quadratisch zugeschnittenen Filzdecken, die lose aufeinandergeschichtet die unteren Stammenden bedecken. Was für ein wunderbar schlichtes, aber auch mystisch aufgeladenes Bild! Form und Material strahlen eine Ruhe aus, die der Titel noch unterstreicht: ‹Schneefall›. Dass Joseph Beuys so oft Kontroversen auslöste, dass er von so vielen als Scharlatan abgetan wurde, war für mich schon als junge Frau unverständlich. Die Ernsthaftigkeit seiner künstlerischen Arbeit war offensichtlich, und als Mensch war Beuys charismatisch und zugänglich zugleich.
Immer wieder spielen Beuys und sein ‹Schneefall› in meinem Leben eine Rolle. In den frühen 1980er-Jahren etwa arbeitete ich in Köln mit Kasper König zusammen, der die Skulptur als 22-Jähriger erworben hatte und von dem sie später über Umwege in die Sammlung der Emanuel Hoffmann-Stiftung gelangte. Für die Ausstellung ‹Westkunst› rekonstruierten wir Beuys' erste Galerieausstellung ‹...irgend ein Strang...› – mit dem ‹Schneefall› als zentralem Werk.
Als Präsidentin der Emanuel Hoffmann-Stiftung habe ich seit 20 Jahren auch die Aufgabe übernommen, Beuys' fragile Werke

Maja Oeri ist Präsidentin der Emanuel Hoffmann-Stiftung.

Joseph Beuys
Schneefall, 1965
32 Filzdecken über drei Tannenstämmchen
23 × 120 × 375 cm
Emanuel Hoffmann-Stiftung, Depositum in der Öffentlichen Kunstsammlung Basel

neuen Besuchern zu vermitteln und für jüngere Generationen zu erhalten. So ist ‹Schneefall› denn ein Herzstück der Ausstellung ‹Future Present›, der Sammlungsübersicht, die zurzeit im Schaulager zu sehen ist.*
Heute lebe ich mit dem früheren Unternehmer Hans Ulrich Bodenmann zusammen, der als erster Sammler in der Schweiz Beuys-Werke erworben hat, mit dem Künstler befreundet war und von ihm als ‹Meisterschüler› bezeichnet wurde. Wenn er Beuys in dessen Düsseldorfer Atelier besuchte und ihn nach dem Sinn eines Werkes befragte, so antwortete der Künstler spitzbübisch: ‹Du musst es dir eben anschauen! Da wirst du schon selbst darauf kommen!›»

*Die Ausstellung ‹Future Present› im Schaulager, Münchenstein, dauerte vom 13. Juni 2015 bis 31. Januar 2016.

Peter Mosimann

«Es gilt, ‹Mein Lieblingswerk› aus den Beständen des Kunstmuseums Basel zu wählen, aus einem Fundus von über 300 000 Werken aus dem Kupferstichkabinett und über 6 000 Ölbildern und Skulpturen aus der Galerie; hinzuzuzählen sind die bedeutenden Bestände aus der Emanuel Hoffmann-Stiftung, die aufgrund einer fruchtbaren jahrzehntelangen Zusammenarbeit als Dauerleihgaben zur Verfügung stehen. Als Kunstrechtler entscheide ich mich für ein Werk, das sich mit der Auslotung der Ränder der gesetzten und narrativen Normen befasst, in diesem Fall mit einem Werk, das den Rückgriff des Künstlers auf den kulturellen Fundus thematisiert. Zu diesem Schaffensbereich der Aneignung verfügen das Kunstmuseum Basel und die Emanuel Hoffmann-Stiftung über manche prägende Werke. Vorliegend wähle ich Douglas Gordons ‹24 Hour Psycho Back and Forth and To and Fro› von 2008 als Lieblingswerk. Die 2009 vom Kunstmuseum Basel erworbene Videoinstallation von Douglas Gordon befasst sich mit der Aneignung des Films ‹Psycho› von Alfred Hitchcock. Auf einer überdimensionalen hängenden Leinwand lässt der Künstler den Film auf der Vorderseite vorwärts und auf der Rückseite rückwärts abspielen, allerdings für den Betrachter extrem verlangsamt auf 24 Stunden pro Durchlauf. Die Handlung des Films ist extrem entschleunigt; sie lässt sich in ihrer Gesamtheit nicht mehr betrachten.
Das faszinierende Werk von Douglas Gordon hat die Aneignung im kulturellen Fundus zum Thema. Die klassische ‹Appropriation Art› lässt das angeeignete, schützbare Werk nicht ‹verblassen›. Es verwendet fremde geschaffene Werke als Ready-mades und entzieht sich so dem avantgardistischen Innovationszwang. Die Aneignung ist Strategie. Das Wesen der Originalität soll reflektiert werden. Douglas Gordon schafft es hingegen mit der extremen Entschleunigung, eine eigenständige Folge von Bildern mit kreativem Handlungsstrang zu kreieren, sodass keine Substitutionskonkurrenz zum Vorwerk von Hitchcock mehr besteht. Obwohl der Künstler ursprünglich eine Kopie des Vorwerks verwendet, ist er Schöpfer eines eigenständigen Werkes. Die Vorlage ist ‹verblasst›. Folgerichtig ist das faszinierende Schöpfungsvorgehen von Douglas Gordon nicht mehr Aneignung.
Nur wenige Aneignungskünstler haben durch ihren eigenständigen Schöpfungsakt den Makel der unfreien Benutzung beim Rückgriff auf den Fundus überwunden. Exemplarisch hierfür sind die Werke von Cindy Sherman mit den ‹Untitled Film Stills›

(1977–1979), die mit vier von 69 Film Stills zu den Beständen der Emanuel Hoffmann-Stiftung gehören, und eben das erwähnte Werk von Douglas Gordon. Anders als Cindy Sherman mit den ‹Untitled Film Stills›, die nur scheinbar ein Vorwerk bearbeitet, eignet Douglas Gordon sich zunächst ein solches an. Durch die extreme Entschleunigung, auch durch die Unterdrückung der Tonspur, verblasst aber das Vorwerk, und wir nehmen verblüfft die neu entstandene Kreation wahr.»

Peter Mosimann, Dr. jur., ist Rechtsanwalt bei Wenger Plattner in Basel und Präsident der Kunstkommission des Kunstmuseums Basel.

Douglas Gordon (*1966)
24 Hour Psycho Back and Forth and To and Fro, 2008
Videoinstallation mit 2 Screens und Rückprojektion, schwarz-weiss, ohne Ton; 24 Std.; Ed. 1/3 + 2 AP, Masse variabel
Kunstmuseum Basel, mit einem Beitrag der Max Geldner-Stiftung erworben 2009

San Keller

«Das Bild ‹Black and White Disaster #4 [5 Deaths 17 Times in Black and White]› ist eigentlich zu 82 Prozent schwarz. Pathos und Selbstironie wirken einfach unwiderstehlich auf mich. Der weisse Bildteil ist zu 64 Prozent schwarz. So funktioniert Werbung – eigentlich müsste das Bild mit ‹Black Disaster› betitelt sein. Doch ich will nicht recht haben und wenn doch, gegenüber wem eigentlich? Um ehrlich zu sein, ich habe mir noch nie überlegt, warum gerade dieses mein Lieblingsbild in der Sammlung des Kunstmuseums Basel ist. Darin liegt wohl die Qualität, dass ich überzeugt wurde, ohne mich entscheiden zu müssen. Mit seinen 261.9 × 418 cm hat mich das Bild schon immer abgeholt, dies ist jedoch nicht der Punkt. 17 Siebdrucke – und keiner musste perfekt sein, jeder durfte ‹verunfallen›. Da steckt viel Lust im Machen. Unfälle wirken eben befreiend in der Kunst. Die Tragik von Unfällen im Leben ist eine andere, doch davon ist dieses Bild weit entfernt. Es ist zu 82 Prozent schwarz, jedoch zu 100 Prozent Kunst und hat seinen Wert deshalb bestimmt bereits um mehrere 100 Prozent gesteigert.

Eine ‹Dramatisierung des Dramas›*
Wenn ich mir noch ein weiteres Argument überlegen muss, warum dieses Bild mein Lieblingsbild in der Sammlung ist, dann weil es im Machen gedacht wurde und nicht umgekehrt. Kunstvermittlung aufgepasst, da hat ein Künstler aus seinen Unfällen gelernt, die Unfälle multipliziert, ein grosses Werk geschaffen und einen kleinen, saudummen Sieg über Kunst (und Leben) erzielt. Was ich hier schreibe, ist jedoch zu weniger als 64 Prozent wahr, weil ich dieses Bild gar nicht kannte, bis ich von Simon Baur angefragt wurde, ob ich nicht über ‹Black and White Disaster #4 [5 Deaths 17 Times in Black and White]› von Andy Warhol als mein Lieblingsbild in der Sammlung des Kunstmuseums Basels schreiben möchte, weil Sam Keller (Direktor der Fondation Beyeler) seinen Bericht in der ‹bz Basel› nicht als Beitrag in einem Buch sehen wollte. Natürlich konnte ich zur ‹Dramatisierung dieses Dramas›** nicht Nein sagen. ‹'Are they still alive?', fragte Andy Warhol, als er 1963 zusammen mit seinem Assistenten Gerard Malanga die Werke der 5-Deaths-Serie begutachtete, in welcher auch das Werk 'Black and White Disaster #4 [5 Deaths 17 Times in Black and White]' entstand.›*** Ja, sie leben, kann ich nur sagen, sie haben mich eingeholt. Totgesagte leben eben länger im Kunstbetrieb!»

San Keller ist Konzept- und Performancekünstler.

Andy Warhol (1928–1987)
Black and White Disaster #4 [5 Deaths 17 Times in Black and White], 1963
Acryl, Siebdruckfarbe und Bleistift auf Leinwand, zweiteilig, je 261.9 × 209 cm
Kunstmuseum Basel, Ankauf 1972

*, ** und *** vgl. Sam Keller, ‹Eine Dramatisierung des Dramas›. Mein Lieblingswerk aus dem Kunstmuseum, in: ‹bz Basel›, 31. Dezember 2015, S. 37.

Silvia Buol

«Kein anderes Bild im Kunstmuseum Basel habe ich so oft vertraut und gleichzeitig forschend angeschaut. Zum ersten Mal gesehen habe ich es während meiner Ausbildung zur Zeichnungslehrerin. Es hat mich als eines der ganz wenigen Bilder von Malerinnen im Museum fasziniert. Die Abschluss-Prüfung in Kunstgeschichte fand auch im Museum statt und jede/r bekam ein Bild, um darüber zu referieren. Mein Dozent Werner Jehle hat glücklicherweise für mich dieses Bild von Paula Modersohn-Becker ausgewählt.
Ein Jahr vor ihrem frühen Tod hat Paula Modersohn-Becker das Bild gemalt. Sich als Malerin 1906 als Halbakt darzustellen erforderte Mut. Sich in dieser unbeschönigenden Art zu malen ist provokativ. Sie zeigt uns den Blick der Malerin und orientiert sich nicht an gängigen ästhetischen Vorbildern. Sie zeigt sich uns naturverbunden mit Pflanzen und Schmetterlingen.
Ihre Lippen sind rot, der Kopf ist leicht geneigt, ihre Augen schauen uns offen und direkt an. Sie wirkt zugleich selbstsicher und zurückhaltend. Auch das Licht und die Farben wirken auf den ersten Blick zurückhaltend, aber ein inneres Glühen dringt durch die Farbe hindurch. Es entsteht der Eindruck von grossem inneren Reichtum, von Leiblichkeit im Körper und Gedankenfülle im Kopf, der etwas blauer und rosafarbener gemalt ist als der Körper. Als Ganzes erscheint das Bild etwas distanziert. Hält Paula Modersohn-Becker durch die ocker-grünliche Bernsteinkette etwas in sich gefangen? Darf das innere Glühen ganz sichtbar werden, kann sie als Malerin, die immer wieder ihren Mann verlässt, um in Paris zu leben und zu malen, sich so entfalten, wie sie es gerne möchte?
Paula Modersohn-Becker ist revolutionär ihren eigenen Weg als Malerin gegangen. ‹Es ist gut, sich aus Verhältnissen zu lösen, die einem die Luft nehmen›, sagte sie 1901. Das ‹Selbstbildnis als Halbakt mit Bernsteinkette II› zeigt uns eine Frau ohne Mode, ohne Korsett, ohne starken Mann an ihrer Seite. Es zeigt uns eine moderne Frau, lächelnd, neugierig, kritisch, selbstständig denkend, mit zurückhaltender Erotik unter der oberflächlich gesehen ‹unschönen› Darstellung. Durch die Reduktion aufs Wesentliche und die übersteigerte Farbgebung hat Paula Modersohn-Becker die innere Schönheit der Menschen hervorgebracht.»

Silvia Buol ist Performerin und Künstlerin und unterrichtet an der Schule für Gestaltung in Basel.

Paula Modersohn-Becker (1876–1907)
Selbstbildnis als Halbakt mit Bernsteinkette II, Sommer 1906
Öl auf Leinwand, 61.1 × 50 cm
Kunstmuseum Basel, mit einem Sonderkredit der Basler Regierung erworben 1939

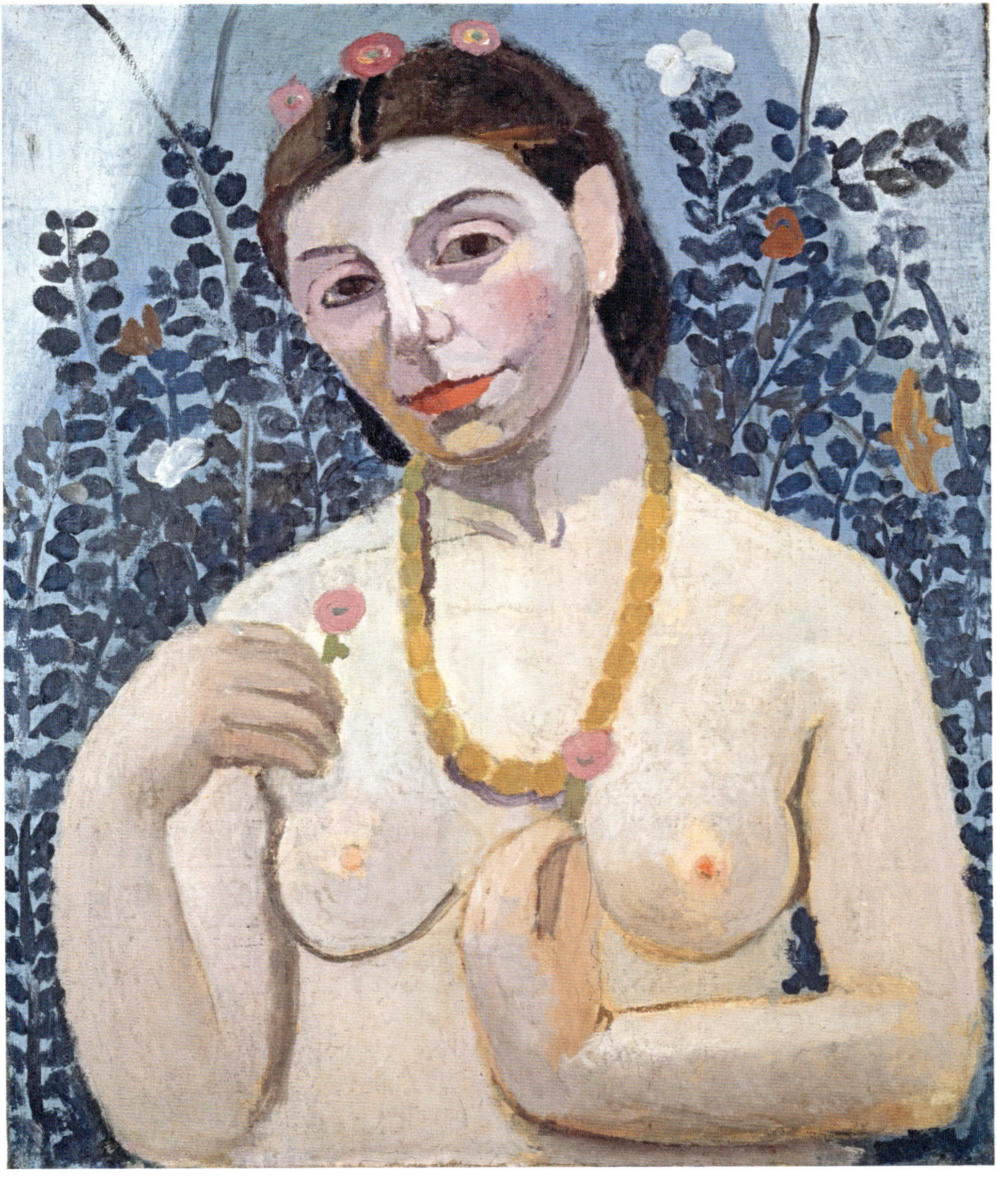

Jay Kumar

«Als ich vor rund einem Vierteljahrhundert aus Indien in die Schweiz kam, stand ich mutterseelenallein am Bahnhof SBB und blickte auf das Hotel Hilton. Dass ich schon bald dort arbeiten würde, hätte ich damals nicht geglaubt. Nach dem Abschluss der Hotelfachschule in Chur startete ich in ebendiesem Hotel meine gastronomische Laufbahn. Während meines Praktikums im Hilton Basel durchlief ich verschiedene Stationen in der Küche, der Bar und in der Administration. Mein Schlüsselerlebnis hatte ich jedoch im Catering. Ich durfte für die Kunsthalle Basel ein Catering ausrichten. So kam ich zum ersten Mal in Kontakt mit Kunstschaffenden. Meine Neugier war geweckt! An einem schönen Sonntagnachmittag machte ich mich auf den Weg ins Kunstmuseum Basel. Ich war überwältigt und beeindruckt ob der Vielzahl von weltbekannten Kunstwerken, welche ich da vorfand! Ein Bild hat es mir besonders angetan: ‹Motiv aus Hammamet› von Paul Klee. Die Harmonie und das Farbspiel haben mich magisch angezogen. Es ist für mich eine Mischung aus warmen Farben, welche ich aus meiner Heimat Indien kenne, und den lieblichen, leichten Farbtönen, welche in mir eine unglaubliche Harmonie weckten. Dank diesem Bild begann ich mich mehr für Kunst zu interessieren. Dies ist bis heute so geblieben. Vor 15 Jahren habe ich mir meinen Traum vom eigenen Restaurant erfüllt. Zuerst war ich in einem kleinen, charmanten Lokal an der St. Johanns-Vorstadt. Zu meinen Gästen gehörten auch immer Kunst- und Kulturschaffende, mit denen ich mich gerne über die Basler Kunstszene unterhielt. Dank Alicia und Rolf Soiron und der Edith Maryon Stiftung bin ich mit meinem Restaurant vor zwei Jahren ein paar Häuser weiter in den ehrwürdigen Ackermannshof umgezogen. Ich freue mich sehr, dort zu sein. Niemals hätte ich damals – vor rund einem Vierteljahrhundert am Bahnhof SBB – gedacht, dass ich dies schaffen würde. Basel ist meine Heimat geworden. Hier arbeite ich, hier habe ich meine Familie und Freunde und hier geniesse ich die vielfältigen kulturellen Angebote der Stadt. Als ich angefragt wurde, ob ich Lust hätte, über ein Bild aus dem Kunstmuseum Basel zu schreiben, habe ich keine Sekunde gezögert und es war natürlich sofort klar, über welches Werk ich schreiben wollte. Es gibt kein anderes Bild, welches so viele schöne Erinnerungen in mir hervorruft, wie dieses Werk von Paul Klee.»

Jay Kumar kommt aus Indien, lebt seit 25 Jahren in Basel und betreibt das Restaurant ‹Jay's› im Ackermannshof, Basel.

Paul Klee (1879–1940)
Motiv aus Hammamet, 1914
Aquarell und Bleistift auf Papier, auf Karton aufgezogen
Blatt: 20.3 × 15.7 cm
Kunstmuseum Basel, Kupferstichkabinett, Legat Richard Doetsch-Benziger 1960

Klee

Roland Wetzel

«Die Entscheidung für ‹Hommage à Blériot› als Lieblingswerk ist mir nicht schwergefallen. Vor mittlerweile acht Jahren hatte ich, noch am Kunstmuseum Basel tätig, die Möglichkeit, rund um dieses fantastische Gemälde eine dichte, konzentrierte kleine Ausstellung zu bauen. Die Recherchen nahmen ihren Ausgangspunkt im Archiv des Museums mit unveröffentlichtem Quellenmaterial (von Roberts Witwe Sonia Delaunay) und an der Bibliothèque Nationale in Paris rund um das Thema der frühen Luftfahrt und ihrer fotografischen Dokumentation. Schliesslich gelang es, alle Studien und Versionen dieses Programmbildes der modernen und abstrakten Malerei zusammenzuführen und dem Schwesterbild von ‹Hommage à Blériot›, Sonia Delaunays ‹Prismes électriques›, im genau gleichen monumentalen Format von 250 × 250 cm gegenüberzustellen. War für Sonia die neue elektrische Strassenbeleuchtung in Paris und ihre retinale Wirkung das Thema, waren es für Robert die Möglichkeiten der abstrakten Darstellung von Farbe, Bewegung und Licht und die Begeisterung für die Aviatik. Einer der wichtigsten Delaunay-Forscher sagte mir damals: ‹Wenn Delaunay 1914 gestorben wäre, dann wäre er als Visionär und Erfinder der abstrakten Malerei in die Geschichte eingegangen.› Daran ist viel Wahres, gab es doch kaum andere Künstler seiner Generation, die sich mit ähnlicher Radikalität der reinen Farbe zuwandten und diese mit der stärksten Wirkung von Simultan- und Komplementärkontrasten zur Geltung brachten. Bei ‹Hommage à Blériot› kam noch dazu, dass er eine alte Maltechnik verwendete, sogenannte Leimfarbe. Diese instabile organische Pigmentbindung führt dazu, dass das Werk in regelmässigen Abständen restauriert werden muss. Sie erlaubt den Pigmenten aber auch, eine besondere Leuchtkraft zu entwickeln. Dies sehen Sie nur im Original!»

Roland Wetzel ist Direktor des Museums Tinguely.

Robert Delaunay (1885–1941)
Hommage à Blériot, 1914
Leimtempera auf Leinwand, 250 × 251 cm
Kunstmuseum Basel, Ankauf 1962

Nicole Reinhard

«Ich muss wohl fünf oder sechs Jahre alt gewesen sein, als ich die ‹Toteninsel› von Arnold Böcklin zum ersten Mal bewusst betrachtet habe. Ich habe damals den Sommer bei meinen Grosseltern in einer kleinen Weinstadt bei Heidelberg verbracht. Die beiden lebten in der lichtdurchfluteten ersten Etage des Familienhauses, im dunklen Erdgeschoss wohnten die Geschwister meines Opas, Onkel Leopold und Tante Maria. Eine Polio-Erkrankung hatte Onkel Leo in jungen Jahren in den Rollstuhl gezwungen, Tante Maria hatte ihre Jugend und eine mögliche Heirat der Pflege des Bruders geopfert. Sie müssen nett gewesen sein, die beiden, denn sie haben sich immer wieder Spiele für mich und meine Schwester ausgedacht. Mir waren sie mit ihren schweren Augen und der stets gedeckten Kleidung unheimlich. Im Flur, der in meiner Erinnerung noch dunkler war als der Rest der Wohnung, hing eine Reproduktion der ‹Toteninsel›. Ich habe mich oft aus der Wohnküche gestohlen und vor das Bild gestellt. Fast als ob es etwas Verbotenes wäre. Ich weiss nicht, um welche Fassung der ‹Toteninsel› es sich gehandelt hat. Aber ich kann mich gut erinnern, dass sie eine tiefe Faszination auf mich ausübte. Eine Ahnung und Hoffnung liegen in diesem Bild, die einen im Herzen berühren und sich schwer in Worte fassen lassen. Das Dunkel der Zypressen in der Mitte des Bildes, die goldenen Felsen und Bauten, der Fährmann und die weisse Gestalt vor ihrem Sarg, die über die stille See gleitet. Ein karger Ort, und doch gibt es hier weisse Farbtupfer von Blumen. Eine tröstliche, lockende und furchteinflössende Vision zugleich. Zutiefst romantisch. Vielleicht ein Bild zum Träumen, wie es die Auftraggeberin, die junge Witwe Marie Berna, gewünscht hatte, an die Arnold Böcklin schrieb: ‹Am letzten Mittwoch ist das Bild 'Die Gräberinsel' an sie abgegangen. Sie werden sich hineinträumen können in die Welt der Schatten, bis sie den leisen, lauen Hauch zu fühlen glauben, den das Meer kräuselt. Bis sie Scheu haben, die feierliche Stille durch ein lautes Wort zu stören.›*
Als ich neulich mit einem Bekannten über das Bild sprach, meinte er: ‹Das alles darfst du eigentlich gar nicht sehen. Das ist nur für die Augen des Toten bestimmt.› Ein verbotener Blick also, den Böcklin uns hier gewährt. Ein Ort, den man mit Scheu betrachtet und der einen doch zu rufen scheint. Das Schaudern dabei. Und die Hoffnung, dass es für einen noch zu früh ist. Vielleicht habe ich das alles damals gespürt. Vielleicht habe ich mich

Nicole Reinhard ist Direktorin von Stadtkino Basel, Landkino, Kinemathek Le Bon Film, Bildrausch – Filmfest Basel.

Arnold Böcklin (1827–1901)
Die Toteninsel (Erste Fassung), 1880
Öl auf Leinwand, 110.9 × 156.4 cm
Kunstmuseum Basel, Depositum der Gottfried Keller-Stiftung 1920

*zitiert nach: Andrea Linnebach, Arnold Böcklin und die Antike. Mythos, Geschichte, Gegenwart, Hirmer Verlag, München 1991, S. 103.

deshalb ganz heimlich zu dem Bild geschlichen. Die ‹Toteninsel› ist wahrscheinlich nicht mein Lieblingsbild. Ich habe kein Lieblingsbild, genauso wenig wie ich einen Lieblingsfilm habe. Aber es ist sicher das Bild, das mich am längsten begleitet hat und das mich immer wieder beeindruckt. Das ist mir bewusst geworden, als ich das Original der ersten Fassung vor rund acht Jahren zum ersten Mal im Kunstmuseum Basel gesehen habe. Es war ein ergreifendes Gefühl, auf einmal und so unerwartet vor dem Bild zu stehen. Ich sehe es noch vor mir hängen, in jenem langen, hellen Gang. Und dennoch: Für mich gibt es auch noch heute keinen passenderen Ort für die ‹Toteninsel› als den dunklen Flur meiner Grosstante, in diesem Haus der grossen Hoffnungen, zerschlagenen Träume und der tapfer gelebten Möglichkeiten.»

Carena Schlewitt

«Ein kleines Blatt mit grosser Wirkung: ‹Die Mütter› von Käthe Kollwitz aus der Serie ‹Krieg› nach dem Ersten Weltkrieg, ein Holzschnitt auf Japanpapier.
Lange ist mir der Name Käthe Kollwitz nicht mehr begegnet – zuletzt in Berlin 1993. Damals wurde die Neue Wache Berlin mit ihrer vierfach vergrösserten Skulptur ‹Mutter mit totem Sohn› für die Opfer von Krieg und Gewaltherrschaft – zunächst unter grossen Protesten – eingeweiht. Die Proteste entzündeten sich am Opferbegriff, der einige Gruppen, vor allem die Juden, Sinti und Roma u.v.a., auszuschliessen schien; schliesslich brachte man eine Metallplatte am Eingang an, auf der die einzelnen Opfergruppen genannt werden. Auf einer anderen Metallplatte kann man die Geschichte der Neuen Wache nachlesen. Kürzlich stand ich abends in der Berliner Winterkälte der Skulptur gegenüber und empfand eine starke körperliche Präsenz, die von der Mutter mit Kind ausging. Die gleiche Wirkung spüre ich, wenn ich ‹Die Mütter› betrachte. Frappierend sind die Hände, feingliedrig und gross gezeichnet, sie liegen beschützend auf Köpfen und Schultern. Die Blicke markieren Sorge, Angst, Aufmerksamkeit, Abwehr. Auch wenn die Köpfe der Mütter und der Kinder, ihre Augen, ihre Hände klar erkennbar sind, so fällt doch vor allem eines auf – Mütter und Kinder bilden einen Gesamtkörper, den man sich schwer teilbar vorstellen kann. Dieser aus der Not geborene eine Körper, bestehend aus vielen, erzeugt trotz des Leids eine grosse Wirkung auf den Betrachter. 1938, kurz vor Ausbruch des Zweiten Weltkrieges, schuf Käthe Kollwitz den ‹Turm der Mütter›, einen Menschenturm, der Kinder schützt und zurückhält vor jeglichem Missbrauch im Dienste von Gewalt und Krieg. Käthe Kollwitz, die Pazifistin, Malerin und Bildhauerin, hat mit ihren Holzschnitten und Skulpturen den Elenden, den Hungernden und den Opfern eine auch heute noch universelle Gestalt gegeben. Sehr leicht könnten wir diese Zeichnungen, Bilder und Plastiken den Fernsehbildern heutiger Konflikte gegenüberstellen – und wir erschrecken ob der gleichen Dringlichkeit knapp 100 Jahre nach der Entstehung des Werks von Käthe Kollwitz. In diesem Sinne bietet das kleine Blatt ‹Die Mütter› immer noch Anlass, über die Geschichte, unsere Zeit und die Zukunft nachzudenken. Eine aus der gegenwärtigen Theaterwelt verwandte Künstlerin könnte die polnische Regisseurin Marta Górnicka sein: Sie widmet sich mit ihren Frauenchören der Situation der Frau, Mutter,

Tochter, Ehegattin, Gläubigen, Ungläubigen, Arbeiterin etc. Auch hier steht uns ein Frauenkörper gegenüber und die Gestalt der Hände und Blicke bei Kollwitz übernimmt hier die Stimme jeder einzelnen Protagonistin. Zuletzt inszenierte Marta Górnicka ‹Mutter Courage und ihre Kinder› von Bertolt Brecht am Theater Braunschweig, ein Stück, in dem eine Mutter im Dreissigjährigen Krieg versucht, Geschäfte zu machen, und dabei alle ihre Söhne an den Krieg verliert. Käthe Kollwitz ist in guter Gesellschaft mit Bertolt Brecht und unsere Zeit braucht beide – immer noch.»

Carena Schlewitt ist Dramaturgin und künstlerische Leiterin der Kaserne Basel.

Käthe Kollwitz (1867–1945)
Die Mütter, Mitte Oktober 1921 – spätestens Anfang 1922
Holzschnitt auf Japanpapier, überarbeitet
Blatt 36.5 × 43.1 cm (grösste Masse), Bild 34 × 40 cm
Kunstmuseum Basel, Kupferstichkabinett, Vermächtnis Frau Ruth Rapp-Moppert 2001

Bernadette Hauert

«Trotz aller möglichen Vorbehalte, die ich gegenüber Stillleben zuweilen habe, ist Sebastian Stoskopffs ‹Glutherd mit Artischocke, Grünspechte und Wasserzuber mit Karpfen› mein aktuelles Lieblingswerk. Stillleben sind auf den ersten Blick oftmals wenig aufregend. Sie sind nicht besonders ereignisreich und wirken gar ein wenig langweilig. Häufig sind sie mit Prunk befrachtet und wirken – die Dinge in einer Reihe aufgereiht und gekonnt in den Raum hinein gestaffelt – etwas bemüht komponiert.
In Stoskopffs Stillleben mag ich jedoch diese unaufgeregte und präzise dargestellte Situation, die ich vorfinde. Sebastian Stoskopff präsentiert eine auf der Glut köchelnde Artischocke, zwei tote Grünspechte und einen im Holzzuber schwimmenden Karpfen. Die Dinge sind zweifelsohne zum Anschauen da. Als Betrachterin kann ich mir unverhohlen jedes Detail anschauen – und fühle mich zu keiner Zeit als Voyeurin. Die Rollen sind eindeutig: Das Bild zeigt mir die Dinge. Und ich bin ihre Betrachterin. Diese deutliche Rollenzuweisung gefällt mir.
Ich hab mir etliche Male Gedanken gemacht, was Sinn und Zweck von Stillleben ist. Welches ist der Beweggrund, Ensembles von Dingen zu schaffen? Welches ist die grundlegende Konzeption dieser Bildgattung? Es liegt mir fern, Stillleben banalisieren zu wollen, jedoch gelange ich immer wieder an denselben Punkt: Möglicherweise ist diese Bildgattung dafür da, die Dinge zu zeigen und sie mit künstlerischen Mitteln so intelligent, so strahlend oder so geheimnisumwoben wie möglich zur Anschauung zu bringen. Zumindest Sebastian Stoskopff tut genau das sehr gekonnt: Er schafft mit seiner auf der Glut köchelnden Artischocke, den erlegten Grünspechten und dem Karpfen im Holzzuber ein poetisches Ensemble von Dingen. Bewusst inszeniert. Bewusst ausgewählt. Ein Arrangement von Dingen, in welchem der Künstler sein handwerkliches Können und sein Wissen über Dinge mehrfach unter Beweis stellt. Diese unaufgeregte Feinsinnigkeit ist es, die mich an Stoskopffs ‹Nature morte› fasziniert – und in ihren Bann zieht. Mit weiterführenden Interpretationen von Stillleben hingegen gelange ich rasch an meine Grenzen: Die heute verbreitete Vorstellung, das Stillleben repräsentiere das einfache Leben, ‹in welchem die Welt noch überschaubar und geordnet war›, greift mir mit Blick in die Geschichtsbücher zu kurz. Lassen wir's drum gut sein mit Interpretationen und Projektionen – und sorgen wir dafür, dass dieses Spiel des Künstlers mit Dingen auch künftig möglich ist.»

Bernadette Hauert
hat Kulturanthropologie und Kunstgeschichte studiert und ist stellvertretende Leiterin kulturelles.bl.

Sebastian Stoskopff
(1597–1657)
Glutherd mit Artischocke, Grünspechte und Wasserzuber mit Karpfen
Öl auf Leinwand, 54.5 × 72.8 cm
Kunstmuseum Basel, Vermächtnis Noetzlin-Werthemann 1928

Ralph Ubl

«Lieblingsspeisen sind oft gewöhnliche Kost, Lieblingsschüler mitunter Sorgenkinder und Lieblingssakkos verbeult und fadenscheinig. Der Liebling verkörpert nicht das Ideal, sondern ist Objekt einer eigenwilligen Wahl und Anhänglichkeit. Das gilt auch für Lieblingsbilder. Meines ist kein Meisterwerk, nicht einmal eine eigenständige Leistung, sondern eine blosse Kopie.

Napoleons Raubzüge füllten den Louvre mit den Kunstschätzen Europas, unter ihnen auch Tizians Altarbild ‹Der Tod des Petrus Martyr›, das 1530 für eine venezianische Kirche geschaffen worden war. Nach Napoleons Niederlage kehrte es dorthin zurück und fiel 1867 einem Feuer zum Opfer. Die Kopie, die Théodore Géricault (1791–1824) im Louvre angefertigt hatte, wurde damit zu einem wertvollen Dokument dieses zerstörten Hauptwerks der Renaissance. Ihre Bedeutung geht aber weit darüber hinaus.

Géricault gehörte zur ersten Generation von Malern, die sich das Wesen ihrer Kunst nicht mehr in der Werkstatt eines etablierten Malers aneigneten, sondern im Museum. Mit seiner bravourösen Pinselführung antwortet er auf die Herausforderung, die es bedeutet, ein Bild mit überlebensgrossen Figuren auf eine kleinformatige Leinwand zu übertragen, ohne die körperliche Eindringlichkeit des dramatischen Konflikts preiszugeben. An diesem schwierigen Verhältnis zwischen den Grossformaten der Vergangenheit und den Klein- und Mittelformaten des bürgerlichen Zeitalters sollten sich nach Géricault noch viele Maler der Romantik und Moderne abarbeiten.

Als der Künstler mit 33 Jahren im Sterben lag, liess er diese Kopie in seinem Zimmer aufhängen. Nach seinem Tod wurde sie von seinem jüngeren Freund Eugène Delacroix erworben, der am Ende seines Lebens seinerseits eine Hommage auf Tizians Altarbild schaffen sollte. Zu diesem monumentalen Wandbild in der Kirche S. Sulpice pilgerten die modernen Dichter und Maler, von Baudelaire über Monet bis zu van Gogh und Cézanne.

Géricaults Kopie hat aus alter Kunst neue gemacht und junge Künstler dazu gebracht, alte Kunst neu zu betrachten. Kunsthistorisch ist es zweifellos ein bedeutsames Gemälde. Aber warum ein Lieblingsbild? Die Antwort ist persönlich und sentimental: Ich habe die Malerei in den Tizian-Räumen des Kunsthistorischen Museums in Wien lieben gelernt. Im Kunstmuseum Basel vermisse ich vor allem eines: die Venezianer. An deren Bedeutung für die modernen Meister, die in Basel so grossartig vertreten sind, erinnert Géricaults Kopie.»

Ralph Ubl ist Professor für Neuere Kunstgeschichte an der Universität Basel und ebendort Direktor des Nationalen Forschungsschwerpunktes Bildkritik.

Théodore Géricault (1791–1824)
Das Martyrium des heiligen Petrus (nach Tizian), um 1814
Öl auf Leinwand, 65.1 × 54.1 cm
Kunstmuseum Basel, Ankauf 1967

Peter Bläuer

Als ich etwas mehr als 20 Jahre alt war, wurden im Kunstmuseum und in der Kunsthalle Ausstellungen gezeigt, von denen junge Leute sprachen. Bis dahin hatte ich kaum Kontakt mit zeitgenössischer Kunst. So ging auch ich hin, war fasziniert und berührt und wollte mehr darüber erfahren. Franz Meyer und Dieter Koepplin am Kunstmuseum und Jean Christophe Ammann an der Kunsthalle sind die ‹Mitschuldigen›, dass Kunst, und vor allem zeitgenössische Kunst später zu meinem Beruf wurde. (By the way, thanks to the gentlemen!)
Anfang der 1970er-Jahre lernte ich das Werk von Barnett Newman kennen. Ich war von seiner Radikalität und Klarheit begeistert. Mit dieser Einfachheit an Komposition berührt er emotional und erreicht eine grosse inhaltliche Komplexität. So viel Wirkung mit so wenig Mitteln!
Wir sehen hier ein Bild, das man nicht gegensätzlicher formulieren könnte. Es werden die Grenzen der gestalterischen Möglichkeiten und unserer Wahrnehmung exemplarisch visualisiert.
Das Bild, eine einfache, symmetrisch aufgebaute, leicht lesbare Komposition, teilt Newman in fünf vertikale Flächen (Streifen) ein. Er benutzt drei Farben – zwei selbst gewählte, die hellste und dunkelste, Schwarz und Weiss, und eine gegebene, das Beige der Leinwand. Er benutzt die zwei gegensätzlichsten malerischen Formulierungen, die monochrome Fläche und das gestische Element. Das Schwarz trägt er auf zwei Flächen ganz dicht und monochrom auf und das Weiss auf den beiden beigen Flächen fast unsichtbar gestisch. Starke, heftige Bewegung mit der hellsten Farbe, monochrome, ruhige, anonyme Flächen mit der dunkelsten Farbe. Er benutzt den Pinselstrich als gestische Bewegung, über Jahrhunderte das ‹Markenzeichen›, an dem man einen Maler erkannte, und er benutzt diesen zur Formulierung einer monochromen Fläche, was die Anonymisierung des Pinselstrichs des Malers verdeutlicht. Bei der schwarzen Fläche zieht er die Randlinien von Hand, bei der beigen Fläche mit einem Hilfsmittel, dem Klebeband. Die Grenzen und Möglichkeiten zwischen der Arbeit mit der Hand und der Arbeit mit einem Hilfsmittel werden deutlich visualisiert. So finden sie in diesem Bild weitere gegensätzliche und radikale Formulierungen.
Heute stehe ich, nach fast einem halben Jahrhundert, immer noch beeindruckt vor diesem Werk: mit seinen vielen Fragen, die es mir immer noch stellt und mich ‹zwingen›, weiterhin dieses Werk zu bedenken und zu erleben! (By the way, thanks to Mr. Newman!)»

Peter Bläuer ist Direktor der LISTE Art Fair Basel.

Barnett Newman (1905–1970)
White Fire II, 1960
Mischtechnik auf ungrundierter Leinwand, 244 × 193 cm
Kunstmuseum Basel, Ankauf 1973

Anna Schmid

«Das Genrebild ‹Aushängeschild eines Schulmeisters›, 1516, von Ambrosius Holbein und Hans Holbein dem Jüngeren habe ich im Kunstmuseum nie richtig wahrgenommen. Ich ging oftmals achtlos daran vorbei, bis es letztes Jahr in der Auswahl der 50 Besten der ‹Alten Meister› bei uns im Museum zu sehen war.* Diese komfortable Situation erlaubte mir, es zu jeder Zeit betrachten zu können. Dabei stachen mir mehrere Dinge ins Auge: Ein Werk, das sich nicht durch Betrachtung allein erschliesst? Warum sonst sollte die Hälfte des Bildes mit Schrift übersät sein? Kleinteilig und detailtreu gibt es zwei Unterrichtssituationen wieder – die eine mit zwei jungen Burschen, die andere mit vier Kindern beiderlei Geschlechts. Da stellte sich schnell die Frage, warum es Erwachsenen so schwerzufallen scheint, ruhig zu sitzen und sich einer Sache hinzugeben, während die Kinder dies scheinbar mit Eifer und Konzentration leicht bewältigen.

Die szenischen Unterrichtsdarstellungen waren wohl als Werbemittel gedacht. Ein Schulmeister (zuweilen zusammen mit seiner Frau) bietet an, ‹kleinen Knaben und Mädchen›, aber auch ‹Bürger oder Handwerksgeselle, Frau oder Jungfrau› die Kulturtechniken des Lesens und Schreibens beizubringen. Der Text löst mitunter Schmunzeln aus, wenn als Grund für die Alphabetisierung genannt wird, ‹dass jeder, auch wenn er vorher nicht einen Buchstaben kannte, kurz und rasch die Grundlage, mit der er selbst seine Schuld aufschreiben und lesen lernt, begreift›. Obendrein wird versprochen: ‹Wer aber so ungeschickt wäre, dass er es nicht lernt, den will ich umsonst unterrichtet haben und gar nichts von ihm als Lohn annehmen›.

Zwar suggerieren Text und Bilder, dass nur elementare Kenntnisse des Lesens und Schreibens beigebracht werden sollen; dennoch fragte ich mich nach dem Verhältnis von Schriftlichkeit und Mündlichkeit. Heute ist unumstritten, dass Lesen und Schreiben Errungenschaften sind, die zu den Grundlagen des Zusammenlebens gehören. Alphabetisierungsbestrebungen – auch in Ländern des Nordens – legen davon beredt Zeugnis ab.

Die Ethnologie hat sich lange ausschliesslich mit sogenannten schriftlosen Kulturen beschäftigt und dabei grossen Wert auf die Untersuchung mündlicher Traditionen, der Ausdruckskraft, rhetorischer Fähigkeiten und damit verbundener Kulturtechniken gelegt. Nicht von ungefähr rief das ‹Aushängeschild eines Schulmeisters› viele Erinnerungen an meine Feldforschungen in

Anna Schmid ist Direktorin des Museums der Kulturen Basel.

Hans Holbein d. J.
(um 1497/1498–1543)
Aushängeschild eines Schulmeisters (Erwachsenenseite), 1516
Mischtechnik auf Fichtenholz, 55.3 × 65.5 cm
Kunstmuseum Basel, Amerbach-Kabinett 1662

Ambrosius Holbein
(um 1494–um 1519)
Aushängeschild eines Schulmeisters (Kinderseite), 1516
Mischtechnik auf Fichtenholz, 55.3 × 65.5 cm
Kunstmuseum Basel, Amerbach-Kabinett 1662

*Während der Schliessung des Kunstmuseums Basel fand vom 11. April 2015 bis zum 28. Februar 2016 die Ausstellung ‹Holbein. Cranach. Grünewald – Meisterwerke aus dem Kunstmuseum Basel› im Museum der Kulturen Basel statt.

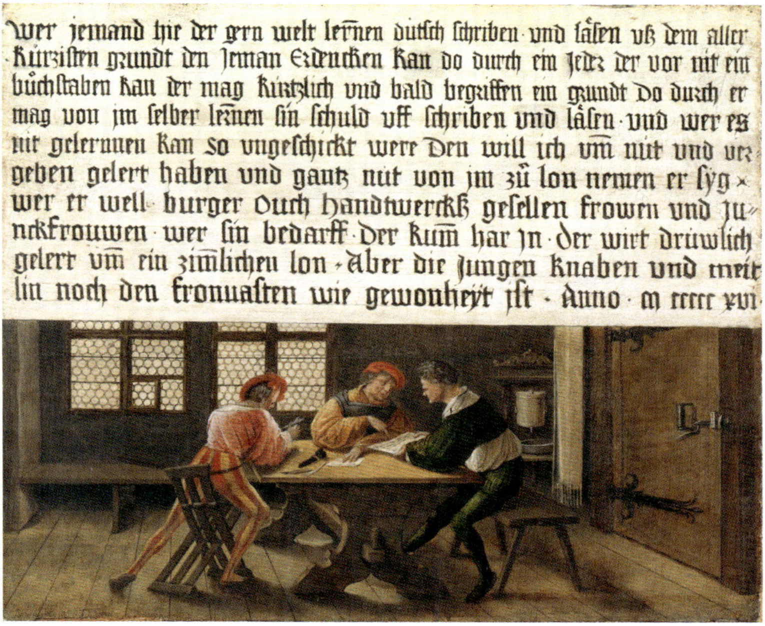
wer jemand hie der gern welt lernen dütsch schriben und läsen uß dem aller
kürzisten grundt den Jeman erdencken kan do durch ein jeder der vor nit ein
büchstaben kan der mag kürtzlich und bald begriffen ein grundt do durch er
mag von im selber lernen sin schuld uff schriben und läsen und wer es
nit gelernnen kan so ungeschickt were den will ich um nüt und ver
geben gelert haben und gantz nüt von im zü lon nemen er syg
wer er well burger ouch handtwercks gesellen frowen und ju
nckfrouwen wer sin bedarff der kum har in der wirt drüwlich
gelert um ein zimlichen lon aber die jungen knaben und meit
lin noch den fronuasten wie gewonheyt ist anno m cccc xvi

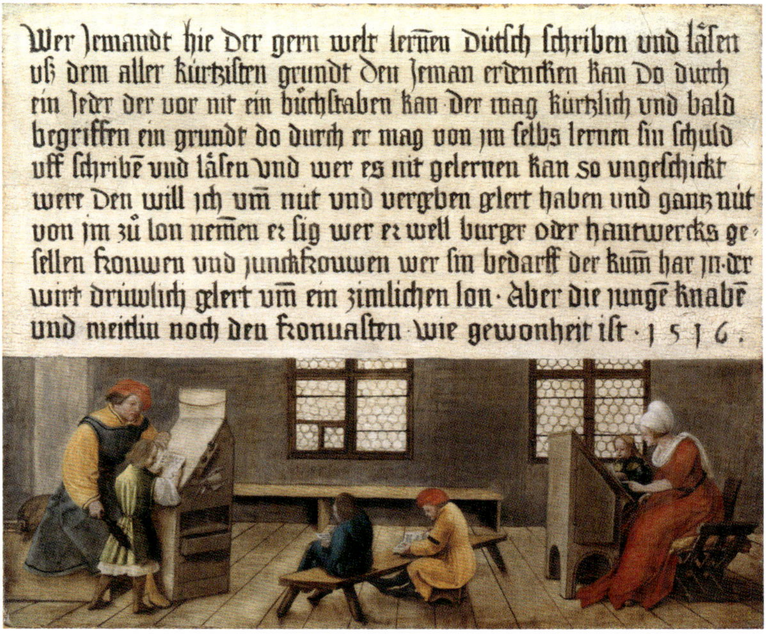
Wer Jemandt hie der gern welt lernen dütsch schriben und läsen
uß dem aller kürtzisten grundt den Jeman erdencken kan do durch
ein jeder der vor nit ein büchstaben kan der mag kürtzlich und bald
begriffen ein grundt do durch er mag von im selbs lernen sin schuld
uff schribē und läsen und wer es nit gelernen kan so ungeschickt
were den will ich um nüt und vergeben gelert haben und gantz nüt
von im zü lon nemen er sig wer er well burger oder hantwercks ge
sellen frouwen und junckfrouwen wer sin bedarff der kum har in der
wirt drüwlich gelert um ein zimlichen lon aber die jungē knabē
und meitlin noch den fronuasten wie gewonheit ist 1516

Pakistan und Indien wach. Papier und Bleistift waren noch selbstverständliches Handwerkszeug, um bei meinen Feldaufenthalten in den 1980er- und 1990er-Jahren Notizen zu machen, Interviews aufzuzeichnen und Skizzen anzufertigen. Immer wieder löste ich damit bei meinen Gesprächspartnern mildes Lächeln oder gar Gelächter aus: ‹Warum schreibst du alles auf? Kannst du dir nicht merken, was wir sprechen?› – Schreiben und Aufzeichnen als Gegenstück zum Gedächtnis! Obwohl Schulpflicht bestand und das Schriftliche in neuen Berufen eine wichtige Rolle spielte, hatte die Rede, der gekonnte Umgang mit Sprache weiterhin grosse Bedeutung. Mündliche ‹Ad hoc›-Darbietungen beeindruckten mich immer wieder. Von den Schildern der beiden Holbeins mit ihrem Plädoyer für Schriftlichkeit bis zu meinen Feldforschungen mit Fokus auf Mündlichkeit spannt sich das weite Feld menschlicher Ausdrucksformen und ihrer Möglichkeiten.»

Andreas Beck

«Seit Jahren steht ein Still der Videoarbeit ‹The Greeting› von Bill Viola auf meinem Schreibtisch.
Es ist Violas Interpretation einer Szene, die als ‹Heimsuchung› in die Kunst- und Kulturgeschichte eingegangen ist. ‹Die Heimsuchung› beschreibt jenen Moment, in dem die ‹gebenedeite Maria›, umgehend nach der Verkündigung durch den Engel, ihre Cousine Elisabeth aufsucht, die – obschon recht alt – ebenfalls schwanger ist. Elisabeth wird Johannes dem Täufer das Leben schenken, und Maria – so weiss man – trägt in sich den Erlöser, den ‹Heiland der Welt›.
Warum ich dieses Still ebenso wie die Gesamtarbeit so liebe und schon sehr oft meinen Blick, an meinem Schreibtisch sitzend, darauf ruhen liess ...? Ich denke dabei an Peter Handkes Schauspiel ‹Die Stunde da wir nichts voneinander wussten›. Es ist ein wortloses Stück, in dem ein Platz in irgendeinem Dorf oder einer Stadt den Mittelpunkt, ja gar den Protagonisten bildet. Menschen, Paare und Passanten, Einzelne und Persönlichkeiten laufen, streifen oder mäandern über diesen Platz. Sie alle sind Jedermänner und -frauen unseres ganz gewöhnlichen Alltags, mal deutlich einer Profession zuzuordnen, mal nur durch ihr Tun oder Aussehen charakterisiert. Für Sekunden oder kurze Minuten nur gilt ihnen unsere Aufmerksamkeit auf diesem (Theater-)Platz.
Handkes Stück könnte als Versuch zu einem neuen, anderen Welttheater begriffen werden, in dem Figuren des Alltags erst durch das Zuschauen zu Allegorien und Symbolträgern unseres Seins werden. Da stösst ein älterer Mann einen Jungen, der widerwillig ist, über den Platz hinfort – ist es gar ein ‹neuer› Abraham mit seinem Sohn Isaak? Ein anderer trägt zwei Tafeln, sodass man unweigerlich an Moses denken muss, wie er vom Sinai hinabsteigt ... Peter Handke, der grosse österreichische Dichter und Wanderer, verdichtet das Gewimmel eines realen Platzes zu Welttheater. Denn das vermeintlich Banale wird in der Reflexion des Dichters zum Ereignis. Frei nach Adalbert Stifter, wonach in der plötzlich gekippten, sauer gewordenen Milch schon eines der grössten Geheimnisse unserer Welt enthalten ist. Kein Alltag ist schlicht und kein Mensch nur ein Passant. Unsere Imagination macht die Dinge kostbar und erzählt uns oder verweist auf grosse Geschichten im Kleinen, verdeutlicht uns unsere Kultur, unseren Glauben und unser Empfinden, beweist unsere Herzensbildung.

Kann man nach Handkes Schauspiel je einen Platz als weniger als eine Bühne wahrnehmen?
Bill Viola, dessen Arbeiten mich immer wieder aufgewühlt haben, ist ein Künstler, der im Alltäglichen stets das Sublime und Erhabene zeigt; der die Theatralität des Schlichten ebenso sucht wie den Verweis auf die Transzendenz. Der Mensch weiss viele Geschichten und erkennt andere und sich in vielen Dingen, aber das Geheimnis des Lebens kann er nicht knacken. Man staunt über die kleinen Gesten und ihren anhaltenden Nachhall im Unendlichen.
Bill Viola zeigt das Mythische im Alltäglichen und schärft so unseren Blick für die Wunder des vermeintlich Banalen.»

Andreas Beck ist Intendant des Theater Basel.

Bill Viola (*1951)
The Greeting, 1995
Videoprojektion in Farbe auf einer vertikal montierten Leinwand im abgedunkelten Raum; mit verstärktem Stereo-Sound, 10 Min. 22 Sek., Ed. 3/5 + AP
Projizierte Bildgrösse: 2.8 × 2.4 m
Raumgrösse: 4.3 × 6.7 × 7.6 m
Kunstmuseum Basel, Ankauf 1995
Performer: Angela Black, Suzanne Peters, Bonnie Snyder

Eva Ehninger

«John Baldessari hat Humor. Andere Konzeptkunst ist oft bitterernst: Joseph Kosuth beispielsweise dekliniert die Definition eines Stuhles in Bild, Schrift und Objekt, und Hanne Darboven präsentiert komplexe Zahlencodierungen, um ihr Publikum darin zu schulen, über die konventionellen Definitionen von Kunst nachzudenken.
Baldessari hingegen bringt mich erst einmal zum Lachen. Sein Film ‹Six colorful inside jobs› (1977) zeigt aus der Vogelperspektive eine Figur, die die Wände eines fensterlosen Raumes binnen sechs Tagen in sechs unterschiedlichen Farben anmalt. Im Zeitraffer sieht man diesem mühevollen Arbeitsprozess zu, während dessen das kleine Zimmer immer wieder in ein strahlendes Monochrom verwandelt wird. Baldessaris Film, das wird schnell klar, ist ein ironischer Seitenhieb gegen die Malerei. Statt einer Leinwand wird direkt die Wand bemalt, mit billiger Wandfarbe statt teuren Öls und ohne Wertschätzung eines künstlerischen Pinselgestus. Trotzdem gibt es natürlich unterschiedliche Methoden, einen Raum anzumalen, und sie werden uns hier vorgeführt: Man kann zunächst die Ecken ausmalen, was in der filmischen Projektion dann wie die Konstruktion eines dreidimensionalen Bildraumes aussieht. Oder man kann von links nach rechts die Wandflächen mit der neuen Farbe füllen, was zu einer Rothko-ähnlichen Farbfeldästhetik führt. Statt transzendentaler Malerei wird allerdings jeweils nur ein unterschiedlich eingefärbter Galerieraum geschaffen, eigentlich ja die Heimat dieser Malerei.
Der Film ist, wie der Titel schon sagt, ein ‹inside job›. Baldessari nutzt sein Wissen über die Konventionen der Kunstinstitution, um diese Kunstinstitution, den Galerieraum, infrage zu stellen. Anstatt autoritativ zu entscheiden, was in ihm ausgestellt wird und damit als Kunst gelten darf, muss Baldessaris Raum seine eigene Verwandlung über sich ergehen lassen. Er kann sich nicht mehr als neutraler weisser Hintergrund für die ausgestellte Kunst präsentieren, sondern ist selbst filmisch präsentiertes ‹Werk›, das begutachtet und kritisiert wird. Baldessaris Film ist eines meiner (vielen) Lieblingswerke in der Sammlung des Basler Kunstmuseums, weil er, sobald er gezeigt wird, seine jeweilige museale Heimat aufs Korn nimmt – und ein bisschen Selbstironie hat noch niemandem geschadet.»

Eva Ehninger ist Laurenz-Assistenzprofessorin für Zeitgenössische Kunst am Kunsthistorischen Seminar der Universität Basel.

John Baldessari (*1931)
Six colorful inside jobs, 1977
16 mm Film, Farbe, Ton; 35 Min.
Kunstmuseum Basel, Ankauf 1978

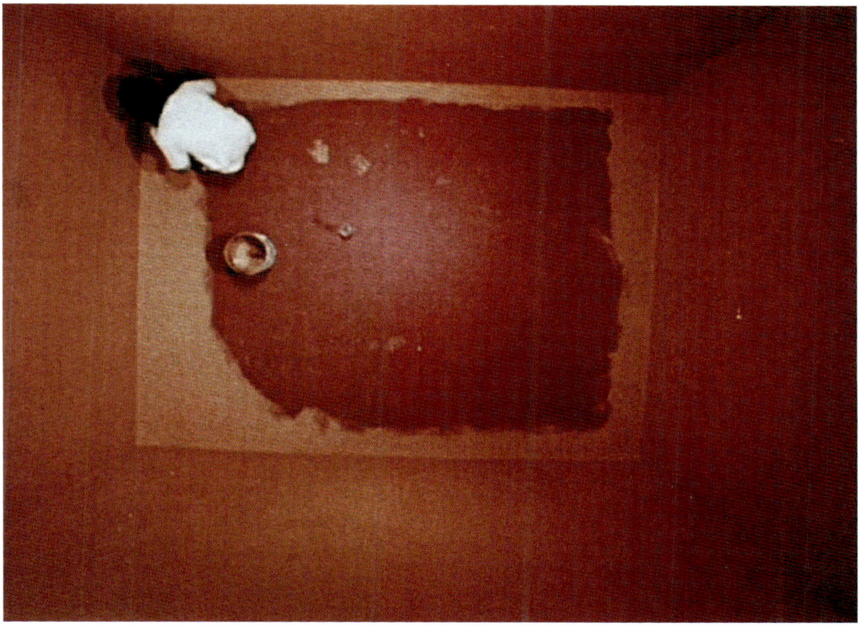

Gabriel Nigon

«Ich war etwa 17 Jahre alt, lag mit Pfeifferschem Drüsenfieber zu Hause im Bett und starrte an die weisse Wand meines Zimmers. Dann hatte ich die Idee, diese Wand in einem Yves-Klein-Blau zu streichen. Inspiration war das grosse querformatige Bild von Yves Klein, das prominent im Treppenhaus des Kunstmuseums hing.
Damals besuchte ich den wöchentlichen Kurs in Kunstbetrachtung beim ehemaligen Kurator der Kunsthalle, Herrn Robert Thomas Stoll. Mit seiner ihm eigenen enthusiastisch wirbligen Art hat er mir dieses Werk nähergebracht. Bis heute stehe ich unter dem Bann der Anziehungskraft der monochromen Bilder von Yves Klein, welche nicht einfarbig sind.
Dass sie nicht einfarbig sind, musste ich feststellen, als ich mit einem Malermeister versuchte, meine weisse Wand in ein ‹Kunstwerk› zu verwandeln. Wiederholt hat uns meine Mutter ins Kunstmuseum gefahren, um Farbmuster mit dem Original zu vergleichen. Zwar kamen wir der Sache ziemlich nahe, doch die Tiefenwirkung des Bildes wurde mit der blauen Wand nicht erreicht. Nicht umsonst hat Yves Klein sein Blau schützen lassen. Seine Methode des Verarbeitens und Auftragens der Pigmente verleiht seinen Bildern eine spezifische Struktur. Das Spektrum von verschiedenen Helligkeiten und Farben zieht den Betrachter magisch an.
Im Hinblick auf diesen Artikel wollte ich mich nochmals mit diesem Werk auseinandersetzen. Leider hat sich herausgestellt, dass es als Leihgabe nie Bestandteil der Sammlung des Kunstmuseums geworden war. Doch auch als Phantombild übt es nach wie vor seine Kraft auf mich aus. Gleichsam wie ein Fenster auf das ‹Nicht-in-Worte-Fassbare›.
Damals, in den von ‹Weltschmerz› geprägten Jugendjahren, gab das Yves-Klein-Blau Kraft und Ruhe; heute ebenso …»

Gabriel Nigon ist Rechtsanwalt in Basel und ehemaliger Spitzenfechter.

Yves Klein
Monochrom Blau (IKB 66), 1961
Blaues Pigment auf Leinwand auf Holzfaserplatte,
195 × 420 cm
Bis Ende 1982 im Kunstmuseum Basel

Sibel Arslan

«Mein Lieblingswerk aus dem Kunstmuseum bewegt etwas in mir, weil ich mich mit diesem Bild verbunden fühle. Mir gefallen sowohl das Motiv wie auch das künstlerische Handwerk.
Es ist das Bild ‹Schlafender Knabe im Heu› von Albert Anker. Das Bild erinnert mich an mein Heimatdorf in der Osttürkei. Exakt 100 Jahre nach seiner Entstehung, 1991, bin ich in die Schweiz eingereist.
Das Werk ist zeitlos, es ist wunderbar friedlich und gleichzeitig auch sehr traurig. Es weckt in mir Freude, weil es mich in meine Kindheit zurückversetzt, in die Berge, in das Dorfleben, in eine glückliche und unbesorgte Kindheit, die ich erleben durfte. Wie oft haben wir Kinder im Heu gespielt und sind manchmal auch einfach dabei eingeschlafen, genau wie der Knabe auf dem Gemälde.
Das Bild macht mich andererseits auch sehr traurig, weil es mich stark an Aylan Kurdi erinnert. Er wurde nur drei Jahre alt. Er war ein syrisches Flüchtlingskind kurdischer Abstammung, auf der Flucht vor dem Bürgerkrieg in Syrien. Im Vergleich zum Knaben im Heu lag sein kleiner lebloser Körper an der türkischen Küste in der Nähe von Bodrum. Ebenso auch die Leichen seiner Mutter und seines Bruders. Er starb im Sommer 2015 während der Flüchtlingskrise in Europa, einer humanitären Katastrophe, der wir aus der Ferne hilflos zuschauen.
In einem Brief vom 30. April 1891 schreibt Albert Anker an den Basler Kaufmann Alfred Bohny-Collin über seine Arbeit an dem Gemälde: ‹An Gemälden in Öhl habe ich angefangen einen Knaben, der auf dem Heu in der Tenne schläft ... . Es ist dem Ende nahe & wenn nichts dazwischen kommt, bleibt er noch lange unvollendet.›*
Die Kriege auf dieser Welt werden wahrscheinlich nie aufhören. Wer weiss, vielleicht wird das Bild mit seinem unschuldigen Motiv in den folgenden 100 Jahren andere Seelen berühren und in ihnen gleichzeitig die Erinnerung an eine schöne Kindheit und an den Schrecken der Gegenwart wecken.»

Sibel Arslan, lic. iur., ist Nationalrätin von BastA!/ Grüne.

Albert Anker (1831–1910)
Schlafender Knabe im Heu, 1891–1897
Öl auf Leinwand, 54.8 × 70.7 cm
Kunstmuseum Basel, Legat Johann August Schetty-Eisenlohr 1922

*Thomas Franz Schneider (Hrsg.), Albert Anker (1831–1910) an Alfred Bohny-Collin (1852–1922). Die Briefe des alternden Malers an seinen Basler Sammler 1891–1908, Art Consulting Basel 2003, S. 7.

Massimo Ceccaroni

«Als Andy Warhol 1987 verstarb, war ich noch keine 19 Jahre alt. Kunst spielte noch keine grosse Rolle in meiner Lebensvorstellung. Die Bilder von Andy Warhol, in erster Linie die mit den Pop-Art-Motiven, sprachen mich sehr an. Vielleicht waren es die Farben, die einem die Kindheit in Erinnerung rufen, oder die Comicfiguren und die Hollywoodstars. ‹Campbell's Soup› und das Gesicht von Marilyn hätte ich am liebsten in allen Zimmern aufgehängt. Tatsächlich hängt ‹Marilyn›, geprägt von orangem Hintergrund und den gelben Haaren, noch heute in meinem Wohnzimmer. Erst später befasste ich mich mit den Zeichnungen von Warhol. In einem Buch, in dem verschiedene Werke vorgestellt wurden, sah ich zum ersten Mal das Bild ‹Woman›. Auch wieder ein Porträt, aber fast ohne Farbe. Man hat das Gefühl, es selber malen zu können. Diese Einfachheit in der Zeichnung, die ich ganz bewusst wahrnehme, empfinde ich heute als Kunst. Das Gesicht der Frau lässt bei mir viele Rätsel offen. Der schwarze grosse Flecken im Hintergrund bringt mich sofort mit ihrer Gefühlslage in Verbindung. Sind es ihre Augen? Oder die Nase, die gar nicht da ist. Die aber bei jedem Blick auf das Bild eine andere reale Form einnimmt. Die Frisur erscheint wild, aber trotzdem wohlgeformt. Die Persönlichkeit der Frau kann man wahrhaftig spüren. Andy Warhol lässt viel Platz für die eigene Interpretation.
‹Woman›. Auf den ersten Blick ein Bild voller Gegensätze, meiner Meinung nach. Danach verändert sich aber vieles. Wie im Leben eines jeden Menschen. Lässt man sich Zeit bei der Betrachtung der Haare, der Augen und des Mundes, sieht man vieles. Nicht weil man mehr weiss, sondern weil man mehr erfahren will. Diese Spannung empfinde ich heute als unglaubliches Kunstwerk. Diese Freiheit in seinen Zeichnungen, die in den frühen 1950er-Jahren entstanden sind, spiegelt die Freiheit Warhols wider. Das Bild ist nicht nur die Darstellung eines Frauenkopfs, es soll dich motivieren selber zu erkennen, wie ein Gesicht ohne markante Gesichtszüge so viel ausstrahlen kann.»

Massimo Ceccaroni, ehemaliger Fussballprofi beim FC Basel, ist heute Leiter der FCB-Nachwuchsabteilung.

Andy Warhol (1928–1987)
Woman, um 1952/54
Abgedruckte schwarze Tusche, Tempera und aufgeklebtes Blattsilber auf Papier, Blatt: grösste Masse: 36.8 × 37.3 cm
Kunstmuseum Basel, Kupferstichkabinett, erworben mit Mitteln der Max Geldner-Stiftung 1997

Franziska Furter

«Es passiert nicht oft, aber wenn es passiert, dann ist es wunderbar: Unbändige Begeisterung schwemmt wie eine Welle durch meinen Körper und erzeugt ein einzigartiges Glücksgefühl. Ich lächle. Ich freue mich, in der Welt zu sein, und fühle mich verbunden mit allem um mich herum. Es passiert, wenn ich ein aussergewöhnlich tolles Kunstwerk sehe, welches mich erreicht, bevor ich darüber nachdenken kann. Oft schwingt mit der Freude auch ein wenig Wehmut mit, weil ich mir wünschte, die Arbeit wäre von mir. Eine 10-minütige Videoinstallation ohne Ton, welche ein solches Glücksgefühl ausgelöst hat, stammt von Ceal Floyer und ist seit 2011 in der Sammlung des Kunstmuseums Basel.
Durch einen schwarzen Vorhang betrete ich einen abgedunkelten Raum. Nachdem sich meine Augen etwas an die Dunkelheit gewöhnt haben, sehe ich auf der gegenüberliegenden Wand aufblitzende weisse Streifen, welche zwischen Boden und Decke für einen Sekundenbruchteil aus der Dunkelheit auftauchen, eine halbe Ellipse ziehen und wieder verschwinden. Manchmal taucht nur ein einzelner auf, manchmal mehrere gleichzeitig in einer scheinbaren Choreografie. Schon erfüllt mich die Begeisterung, noch frisch, direkt und unergründet. Die weissen Streifen erinnern mich an ein seltsam minimales Feuerwerk, an abgedreht bekiffte Sternschnuppen. Es könnten aber auch herumtollende Elementarteilchen aus dem Teilchenbeschleuniger vom Cern sein oder tanzende Glühwürmchen im Mondschein. Aus dem Weltall oder zwischen meinen Füssen, gross, klein, real oder imaginär? Dann erinnere ich mich an den Titel der Arbeit, welchen ich draussen auf dem Schild gelesen habe: ‹Apollinaris›, der Name eines kohlensäurehaltigen Mineralwassers. Erst da erschliesst sich mir, was ich anschaue: angeleuchtete Kohlensäurebläschen, welche über dem Wasserglasrand herumtollen, wandfüllend projiziert. Es ist fantastisch, wie mit alltäglichen Materialien und einfachsten Mitteln ein so vielschichtiges und zum Nachdenken animierendes Werk entsteht. Die meisten Werke von Ceal Floyer sind wie ‹Apollinaris› sehr reduziert. Oft bestehen sie aus wenigen Materialien und einem Titel. Es kann ein Kassenbon, ein Lautsprecher in einem Eimer, zu einem Kreis ausgelaufene Tinte auf Papier sein. Die Arbeiten lösen immer verschiedenste Assoziationen aus, sind poetisch und humorvoll und zeigen immer weit über das Material und die erste Idee hinaus. Auch als ich schon lange wieder draussen im Sonnenlicht stehe, flitzen noch lange die Gedanken wie Wasserbläschen durch meinen Kopf.»

Franziska Furter ist Künstlerin, sie lebt und arbeitet in Berlin und Basel.

Ceal Floyer (*1968)
Apollinaris, 2005
Videoprojektion, Farbe, ohne Ton; 10 Min. 21 Sek.; Ed. 3/3 + 2 AP
Masse variabel
Kunstmuseum Basel, Ankauf 2011

Jiri Oplatek

«Als ich etwa 16 Jahre jung war, lag unter dem üppig geschmückten Weihnachtsbaum ein Geschenk meiner Eltern. Es war ein Buch, erschienen im Taschen Verlag, kein besonders teures Buch, aber mit sehr beeindruckenden Malereien von Otto Dix. Als Junge voller Energie und mit wenig Interesse an schulischen Pflichten, vielmehr am Malen von ausdrucksstarken Figuren auf grauen Betonwänden entlang der Basler Bahnlinien, war dieses Buch für mich eine Inspiration. Sofort war ich gefesselt von den seltsam geformten Menschen in den Malereien von Otto Dix: der streng verrenkten, eine Zigarette in der Hand haltenden Journalistin im rot-schwarz karierten Kleid, mit einem Monokel im Auge und stark geschminkten Lippen. Dem vampirähnlichen Kunsthistoriker mit Nadelstreifenanzug, grüner Krawatte und Krallenhänden. Dem fleischgefüllten Gesicht des Schauspielers, dessen Sohn ich damals schon im ‹Tatort› bewundert hatte. Dem Grossstadt-Triptychon mit den Kriegsveteranen, den Huren, Bettlern, Jazzmusikern und Ballleuten, den Feiernden und Tanzenden. Und natürlich dem älteren Paar auf Sofa und Hocker sitzend, er mit gestreiftem Hemd, grauem Schnauz, grauen Haaren, sie mit gestreiftem Rock und grauen Strähnen in den Haaren, beide mit müdem, traurigem Blick. Es waren die Eltern des besagten Otto Dix.
Ich beschloss damals: Ein solches Bildnis meiner Eltern muss her, und zwar Öl auf Leinwand. Doch erst wollte ich üben, also fing ich mit einem Porträt meines damals schon verstorbenen Grossvaters an. Schicht auf Schicht, Farbe auf Farbe, bis die Farben langsam die Gestalt meines Grossvaters annahmen, und immer wieder ein Blick in das im Taschen Verlag erschienene Buch mit den Malereien von Otto Dix. Abenteuerliche sechs Monate habe ich gearbeitet an meinem Werk – Teppich, Möbel und Kleider mit Farbe verschmiert, die Luft getränkt mit dem Geruch von Öl –, einer Leinwand mit einem Porträt, das meinem Grossvater ähnlich sah. Nun, es blieb bei dem Bildnis meines Grossvaters, danach kam das Studium, die erste Freundin, die Entdeckung des Grossstadtlebens bei Nacht, das Tanzen.
Doch jedes Mal wenn ich ins Kunstmuseum Basel gehe und das ‹Bildnis der Eltern› sehe, erinnere ich mich an diese Zeit zurück, voller Visionen, ein grosser Maler zu werden, der Menschen in ihren Eigenschaften mit Öl auf Leinwand bringt. Was werde ich wohl meinem Sohn für ein Buch unter den Baum legen, wenn er seine sechzehnte Weihnacht erlebt?»

Jiri Oplatek ist Grafiker und Mitbegründer von Claudiabasel. Er hat das vorliegende Buch gestaltet.

Otto Dix (1891–1969)
Bildnis der Eltern I, 1921
Öl auf Leinwand,
101.1 × 114.8 cm
Kunstmuseum Basel,
mit einem Sonderkredit der Basler Regierung erworben 1939

Simon Baur

«Nein, ‹Voir Mort› von Rémy Zaugg ist nicht in der Serie ‹Mein Lieblingswerk aus dem Kunstmuseum Basel› in der ‹bz Basel› erschienen. Ich hatte es als eines meiner Lieblingswerke der Zeitung geschickt, diese liess mich jedoch wissen, man könne das Motiv nicht auf Zeitungspapier abdrucken. In einem Buch geht es. Es ist eines meiner Lieblingsbilder. Das Kunstmuseum Basel ist eines meiner ‹Pocket-Museen›, viele seiner Bilder sind meine Lieblinge. Mit jedem Nordföhn ist es ein anderes. Rémy Zaugg beschäftigt mich seit meiner Schulzeit. Mit 16 Jahren bekam ich von meinem Werklehrer eine Zeichnung geschenkt. Auf ihr ist ein Muster mit horizontalen und vertikalen Linien zu sehen, eine Art Hausfassade, die auf einer Seite abgewinkelt ist. Der Rahmen wurde aus Metallplatten vom Künstler selbst hergestellt und auf der Rückseite steht: ‹de Dh Dd XIX› IIa, 1969. Ich konnte damals weder mit dem Namen des Künstlers noch mit dem Menetekel auf der Rückseite des Rahmens etwas anfangen und nahm die Arbeit bloss aus Interesse am Motiv mit nach Hause. 20 Jahre später habe ich mich dann intensiv mit Rémy Zauggs Buch ‹Die List der Unschuld› befasst. Darin setzt er sich mit einem Objekt von Donald Judd auseinander, das sich im Kunstmuseum Basel befindet und mittlerweile zu meinen Lieblingsobjekten gehört. Das Buch hat mir auch die Augen für die Kunst von Rémy Zaugg geöffnet. ‹Voir Mort› begegne ich mit ambivalenten Gefühlen, obwohl oder vielleicht gerade weil es eine Paraphrase auf das Leben ist: Sehen und Tod, in diesen Koordinaten bewegt sich das Leben. Wer die Welt um sich herum sieht, lebt, wer tot ist, sieht höchstens noch nach innen. Zwei einzelne Worte, die ein Universum eröffnen. Zwei Worte, die unterschiedlich zu deuten sind: Sehen, Tod, sterben sehen, den Tod voraussehen. Das Bild ist zu einem Zeitpunkt entstanden, als Rémy Zaugg vermuten konnte, wie sein Leben enden würde, und er hat dafür – nicht nur in diesem Bild – ein bejahendes Vokabular gefunden. Weiss über weiss hat er die beiden Worte angeordnet. Voir über Mort, das Sehen über dem Tod. Für mich ist das Bild die moderne Interpretation von Hans Holbeins totem Christus. Auch in ihm sind das Sehen und der Tod vereint. Diese Vereinigung des Unvereinbaren, dieses Einsseins absoluter Gegensätze wirkt zeitlos. So konzeptionell die Kunst von Rémy Zaugg auch ist, sie ist unsterblich und wird auch in 500 Jahren noch verstanden werden.»

Simon Baur, Dr. phil., ist freier Kunsthistoriker und Publizist, vorwiegend in Basel. Er forscht in den Bereichen Kunst, Architektur und Tanz.

Rémy Zaugg (1943–2005)
Voir Mort, 1989
Acryl auf Leinwand,
44 × 39 × 2 cm
Kunstmuseum Basel,
Geschenk ‹Schule und Elternhaus Schweiz› 1993

Impressum

Bibliografische Information der Deutschen Nationalbibliothek: Die Deutsche Nationalbibliothek verzeichnet diese Publikation in der Deutschen Nationalbibliografie; detaillierte bibliografische Daten sind im Internet über http://dnb.dnb.de abrufbar.

Lektorat: Anna Sophia Herfert, Frankfurt
Übersetzungen: Bronwen Saunders, Basel
Gestaltung: Jiri Oplatek, Claudiabasel, Basel
Lithos: Claudiabasel, Basel
Druck und Bindung: Kösel GmbH & Co. KG, Altusried-Krugzell
Schriften: Grotesque MT
Papier: Profibulk 1.1 vol. 135 g/m²; Peyer Duchesse-leinen 150 g/m²

ISBN 978-3-85616-812-4
www.merianverlag.ch

Gedruckt mit Unterstützung der Berta Hess-Cohn Stiftung, Basel.

Diese Publikation wurde ermöglicht dank der Unterstützung durch die Stiftung für das Kunstmuseum Basel, Helvetia Versicherungen, Swisslos Basel-Stadt, Swisslos Basel-Land, Jubiläumsstiftung der Basellandschaftlichen Kantonalbank, bz Basel / Basellandschaftliche Zeitung und die nomadisierenden veranstalter.

SWISSLOS-Fonds Basel-Stadt
kulturelles.bl SWISSLOS
helvetia
Basellandschaftliche Kantonalbank Jubiläumsstiftung
bz BASEL
kunstmuseum basel
die nomadisierenden veranstalter